Xiron Poetry Club

中国先锋诗歌地图

广　东　卷

湘莲子 主编

四川文艺出版社

重塑先锋精神，绘制崭新地图

——《中国先锋诗歌地图》首批五卷出版前言

里所 / “磨铁读诗会”主编

去年六七月份，由“磨铁读诗会”策划的“中国桂冠诗丛·第一辑”上市之后，沈浩波就和我说他想做一套按省份来编选的、能反映中国先锋诗歌地域生态的诗集。他的这一想法来自于在《新世纪诗典》上异军突起的广西诗人群，在广西诗人三个A不断地向《新世纪诗典》举荐之下，一群优秀而沉默的广西诗人浮出地表，展现出了广西先锋诗歌的真正实力。不仅仅是广西，在全国各地，那些沉默的优秀诗人都渐渐浮现出来，他们才代表着中国当代诗歌的真相。鉴于此，沈浩波与《新世纪诗典》主持人伊沙商议，决定策划一套《中国先锋诗歌地图》，首先出版五本，分别是北京卷、陕西卷、天津卷、广东卷和广西卷，为新世纪以来的中国先锋诗歌画一幅详尽的地图。

首批出版这五本先锋诗歌选，除了因为这五个省市的诗人于《新世纪诗典》上已经展现了强劲的整体实力，还因为在这五个省市都能找到最合适的主编人选。我们这次邀请的五位主编分别是：西娃、西毒何殇、君儿、湘莲子和三个A。邀请他们担任主编，一方面是对他们诗歌创作实力、先锋审美趣味和公信力的信任，另一方面，也考虑到他们都是最近几年越来越被所谓的诗坛重视的新一代实力诗人，代表着更新的诗人群体和视野。我们不希望永远将选编的权力用按资排辈的方式交给有老资格的“著名者”。

确定选题和主编之后，我们很快建了一个微信工作群，明确了编选细则，各位主编迅速展开工作。沈浩波和伊沙作为本套丛书的策划者均不干涉各卷主编的编选工作，在选稿上充分信任五位主编，完全采取“主编负责制”。事实证明，这五位诗人都完美地完成了选编工作，他们不仅有能力发现好诗、推举好诗人，更有魄力拒绝伪诗；同时他们还展现出了与本人的性格高度吻合的选稿特点。西娃的耿直、西毒何殇的严谨、君儿的稳重、湘莲子的认真、三个A的细致，他们五位的品格守住了这套诗集的价值标准：不以过往名气看待诗人，只凭近十年持续的创作；重视年轻诗人，广泛发掘新人的佳作；不固守某种单一的诗歌美学，在确保先锋性的前提下，博采众长。

“重塑先锋精神，为中国当代诗歌绘制崭新地图”，是我们出版这套诗集的初衷，这里所指的“先锋性”，除了这个词所特有的前沿、创新含义之外，我们还想扩大它的外延，将真诚、扎实作为我们考量和评价诗歌的标准。相对于空泛的抒情和叙述，我们提倡言之有物、带着生命温度的写作，我们期待在每一首入选的诗作中听到真实的人的心跳；相对于水分过大的词语堆积，我们提倡言之凿凿、精准的写作；相对于含混不清的故弄玄虚，我们提倡结结实实的诗意。总之，“先锋”不只是一种姿态或标签，它是一个不断变化和生长的概念，它更指诗人在自我的写作领地之上与个人生活短兵相接的气魄，指一种能将自己的生命、生活、人生与诗歌创作焊接在一起的能力。

经过近半年的组稿和选稿，2017年春节之后，各位主编陆续如约交稿。在上述组稿逻辑下，各位主编也有各自的编选方法。西娃一共阅读了一千多首诗，她说除却诗歌的先锋性，她选择诗歌的另外几个标准是：文本个性、好读、经得起读；西毒何殇交来的稿件质量最为整齐干净，他在对外公布的约稿函里写道，他所主编的陕西卷“与名气大小无关，与世俗身份无关，无题材限制，无风格限制……”，他还表示为强调公平性，他要求诗人们在投稿时不要发个人简介和照片；君儿则以“葵”同人群体为坐标，同时关注天津其他诗人的整体写作，将她所关注的先锋的、决绝的现代诗写作者都纳入到她的编选视野里；湘莲子希望读者能从广东诗人的作品中感受到“广东制造”这个坚硬的词语所包含的体温、脉搏和呼吸，这正和我们试图以诗歌为眼，探求地域文化内部的结构相契合；三个A想通过他的努力，选出一本能让人常读常新、经得起时间检验的诗集，他把很多充满生命能量的广西诗人推荐到我们的视野里，让我们对广西诗歌的写作生态有了更清晰的认知。

在五位主编选定书稿之后，“磨铁读诗会”编辑部在充分尊重主编的前提下，做了两轮编辑工作，第一轮是一首诗一首诗地过稿子，筛选出其中作品质量偏弱的篇目，建议主编删除或者替换。在经过各卷主编同意后，我们也整体删去了个别几位诗人的作品，因为就诗论诗，有些作品无法放进“先锋诗歌”这个范畴内讨论。

第二轮工作比较重要，那就是我们对每本诗集都做了章节分布整理。之前的工作完成了“选”诗，这一步工作才算是真正的“编排”，使每一本诗集都呈现为有特点、有立场的诗集。最先我们试图按诗人的出生年代来分辑，比如把60后诗人放在一起、把70后诗人放在一起，但很快就发现那种排法无形中掩没了很多诗人的特色，不足以突出最好、最有创作实力的诗人。最后，沈浩波建议我们使用现在的编排方法，即第一辑为我们特别推荐的诗人作品，以新世纪以来出现的80后、90后诗人为主，但也不完全局限于年轻诗人，更是以他们的作品是否给我们带来全新的感受为依据，因此部分从年龄来看并不年轻，但其诗歌却具备新意的诗人也得以进入本辑。另外也因为这些诗人为我们展现了“先锋性”在各个向度上的范式。在这一标准下，五本诗集的第一辑重点推荐诗人分别是——北京卷：莫小邪、吴雨伦、鬼鬼、里所、易小倩；陕西卷：艾蒿、第广龙、刘天雨、左右；天津卷：闫永敏、奂孚、马国语、张甫秋；广东卷：苇欢、卓仓果羌、杨叉、许立志、旻旻、阮雪芳；广西卷：刚子、蓝敏妮、荷说、蒋彩云。其中的大部分诗人为此前并不“著名”的80后和90后诗人，但他们却展现着中国当代先锋诗歌新的生机。

除了第一辑是在上述原则下进行编选的，每卷诗集的编排和分辑的逻辑均略有不同，有些是按美学倾向，个别是按出生年代，但只要读者仔细区分，还是可以看出我们在篇章分布上的用心，那就是希望比较客观和立体地呈现新世纪以来，这五个省市先锋诗人创作的不同风貌和可能性。另外特别要指出的是，我们在北京卷的最后设置了第五辑，特别推荐了已经八十岁高龄，但新世纪以来仍然不断写出重要作品的任洪渊先生，以此表达我们对他的敬意。

在北京卷、陕西卷、天津卷、广东卷、广西卷之后，新世纪以来的《中国先锋诗歌地图》会陆续推出其他省市的专属诗集，当然这还有待于各种时机的成熟，比如该省市的先锋诗歌整体写作实力是否足以支撑一本诗集，以及能否出现一个足以担当主编重任的诗人。这不是一件能够一蹴而就的工作，“磨铁读诗会”有足够的耐心，我们愿意做中国当代先锋诗歌的守护者和推进者，关照深广的社会现实，体察幽微的人性秘密，为中国的当代先锋诗歌，不断绘制崭新而精确的地图。

2017年6月20日

编选序言

湘莲子

提到“史”，某些惯性思维立马会联想到“使命”。

使命感的承载与否，那是摆在评论家书桌上的标签盒里的众多标签之一。

好诗人尤其是好的先锋诗人不会也不可能会顶着什么标签去写诗。

好诗会让你看到心跳，感触到体表温度。

好诗人深谙诗与肌体的关系。无论春夏秋冬，世事变幻，潮起潮落，会有自己的体温、脉搏和呼吸，会呈现自我的生命曲线，表达自我想表达而又不得不表达的东西。

我最大的愿望就是能让读者读到心跳，看到血液循环，看到生命曲线的诗。

我最大的奢望就是让读者开卷就能感受到，在广东这片热土上，“广东制造”在创造广东经济繁荣的同时，也用手指在纸张与键盘上存留了我们的体温、脉搏和呼吸。很多时候，我们，广东的诗人，与广东当下的这方水土严重不服。

水土不服，不恰好正是新世纪广东诗歌的最大特点？不就是当下广东史？

照理，在广东诗歌一直稳居“新世纪诗典”各省区诗歌排行榜前五甚至曾一跃进入第二的背景下编选一卷新世纪广东先锋诗歌，难度几乎为零。诗人伊沙已经将广东诗坛至底部掀翻，一网打尽了当今广东优秀诗歌，我编选只需按照“新世纪诗典”推荐表，将广东诗人一一选出。坦白讲，我不想这么做！我是诗人，诗人天性的逆反心理逼迫我无法选择捷径。于是，无难度成了一种高难度。

作为一名医务工作者，长期的职业训练，造就我基本做不到一心二用更谈不上多用的人格特质。半年来，读诗与选诗，我因太过专注而闹出不少乌龙。最乌龙的要数在成都机场，我提前两个多小时就过了安检，却在登机口误了登机。记得当时我在手机上读一位叫“桥”的女诗人的诗，我很难确定那是不是真正意义上的先锋诗。我几乎读完了她诗生活专栏里的所有诗，确定后再找黄礼孩要她微信约稿。当机场广播“请肖功莲女士赶快到32号登机口登机”时，我就坐在32号登机口，等我反应过来

“肖功莲女士”就是我时，登机口已经撤桥，我只好出安检重新购票。更可笑的是，在成都东等候往江油的高铁时，我正纠结着到底要不要选某位垃圾派诗人，结果竟然鬼使神差地随手往垃圾桶里扔进了一只新买的高跟鞋。

定稿后，我数了数两个征稿邮箱：来稿六百三十七封，诗一万两千一百零三首，且不包括我主动约稿以及从诗人博客和微信、微博上搜集的诗。

能入选的诗，当然是能令我眼前一亮并紧紧攥住我的诗。某些未选入诗，未必不好，按现行官刊标准，不少诗完全可以上《诗刊》，甚至本就是被《诗刊》刊登过的。舍弃时，我很犹豫，甚至痛苦。但我只能两两比较，在同类诗中选优。不管当下对先锋的命名如何，我必须坚持我自己对先锋的理解，拒绝肤浅、陈旧和故作姿态。

新世纪才十六岁。相对百年新诗，先锋诗只能是诞生或再生。

写下这段话，我与本套诗丛的总策划沈浩波先生正徒步于韩国首尔市的清溪川。而另一位总策划诗人伊沙正在附近大厦里喝咖啡。沈浩波指着清溪川清澈见底的石头说：在中国，这么一条小河若重建，说不定，河床会被铺上水泥。

水泥河床，一定是人类在本星球上最大胆、最土豪的行为艺术。

那么，是水泥河床先锋，还是将石头扔回河底，回归自然的原生态河床先锋?

我想，地球人都不会喜欢流水下浇筑水泥的河床。

其实，与清溪川伴行的还有一条暗川，它肮脏，淤积了这座曾被称作汉城的大都市的废水、雨水，永远藏匿在暗处不见天地，经现代化沉积、滤化处理，为新造的人工清溪川源源不断地补充水源。清与浊，成了不可或缺的长期合作伙伴。

我无意将清溪川与广东诗歌甚至中国诗坛刻意关联，可那一瞬，我就这么想的，并掏出手机，拍下并录下了。

好吧，读诗吧!

开卷有益，您肯定能从中发现您喜欢的诗和诗人。

2016年7月31日于虎门

目录

第三辑 / 不要站在风口说话

第四辑 / 我所认为的贵族

第一辑 ╱ 我咽下一枚铁做的月亮

苇　欢

原名崔钰炜，1983年1月出生于河南省潢川县。任教于北京师范大学珠海分校外国语学院。2012年开始创作、发表诗歌。中文诗见于《诗刊》《诗潮》《秦岭文学》《诗林》《三角帆》《新世纪诗典》等刊物，英文诗及诗歌译作陆续在澳大利亚、加拿大和越南发表。

辩论

你说光是一切存在事物的显影剂
比如
立竿见影
立草木见影
立猫狗见影
立鸟兽见影
立亭梁见影

立车马见影

我说立你
立我
爱不见影
恨也不见

刺

母亲把带鱼烧得很黑
用筷子刮刮
露出雪白的肉
我把鱼刺剔出
一根根摆在纸上
我看看女儿
她小小年纪
就会吐刺
哪怕是极小一根
我像她这么大时
每当爷爷做鱼给我吃
我就说：爷爷，你快吃给我看！
他就夹起一块
放进嘴里咀嚼两口
吐出一团白泥
我就笑他——

我的爷爷
经历了饥荒、战火、丧子、病痛
却一辈子也不会

吐刺
最后死亡
吐出了他

元旦

新年第一天，上午
我路过一家
卖猪头肉的卤味店
一身油腻的中年大叔
正手拿镊子
动作快速而又轻柔
就像面对情人的腋窝
在一块猪脸上
拔毛

第一句话

大雨
她没带伞
拎着两个沉甸甸的塑料袋
站在超市门口
等了很久
没有来电
她冒雨上了公交车
湿着头发进屋
撂下袋子
在窗边看了会儿雨

有半个月了
她在计算
没有话，也没有
任何接触
包括眼神上的

那天夜里
他爬上床
扒下她的衣服

半个月了
她听到的第一句话是
“你真像个婊子”

鸟

暮色中
看见一只鸟
从枝上，走了
又折回
停留片刻
终是走了
它一定留下了
什么重要的东西
比如，翅膀

声音

我喜欢夜晚，
因为在白天消失的每个声音
都回来了。
门外，有人把伞折起
爬上楼梯。
邻居家的门铃
有时响起。
猫的狂叫刮过窗玻璃。
冰箱嗡嗡不断。
我倒了一些凉茶，它们汩汩地
从塑料瓶里流出。
闹钟在床边嘀嗒。
我俯下身，感到她的嗓子里
有痰。
屋顶外，星星和植物
静悄悄地长。
我侧躺下来，听见
一个乳房轻轻搭在
另一个上面。

关于

关于今
早
关于雨后初
霁
关于叶刃上的水
珠
关于手推小
车
关于豆浆、油条、茶叶
蛋
关于拿着它们的女职
员
关于没有黑丝的高跟
鞋
关于穿舌环的少女令我想起的吊唇环的古老部
落
关于复杂的声
音
关于彩色英
文

关于腐烂的母语永远被搁
置
关于趣味和意
义
关于南半球的冬北半球的
夏
关于在海边永远缺席的黑乌
鸦
关于整个世界在搅动的咖啡中
旋转，旋转
等它冷却被一张口喝
下

世界

我看见
漂亮、精致的女人
像瓷娃娃纤尘不染。
看见其他
丑陋、粗鄙、日渐老去。
她们的脸部、肩膀、小腹、阴道
承载了一百个雄性的重量。
我看见
一个妓女轻轻抚摩丝袜上的洞，
一个年轻母亲在丈夫身后
拥紧发抖的孩子。

我看见
一些男人
像石块一样坚决。
看见其他
肤色比月光白。
他们穿裙子遮住
长满毛的小腿。
发声前他们取下假牙

放进首饰盒。
他们用口中的黑阴茎
宣布真理。

我看见
世界上一些暗处，
比另一些
更暗。

云中

舷窗外
古老的太阳
接近它刚出生时的颜色
空中小姐不停变换
它的味道
有时它像橙味汽水
有时像中国茶

我感觉自己
逐渐接近神界
不远的某处
宙斯和玉帝正在谈论
如何追女孩
神们走丢的坐骑
躲进仙女的水袖

在夜晚
缺乏月光
星辰在漆黑中复辟
除了一对铁翼

除了寂静
没有别的
庆典

卓仓果羌

原名赛维才旦，西藏安多卓仓藏人。有诗歌发表在《诗选刊》《诗刊》《中西诗歌》《青海湖》《白唇鹿》《青海日报》《甘肃文苑》等国内外杂志上，诗歌多次入选《新世纪诗典》《废墟上的花朵》等诗歌选集。

喜马拉雅

亿万头黑牦牛托举亿万头白牦牛
狮子、雪豹、骏马、鹰鹫，
成群结队，在空中游荡。
哦，喇嘛嘉措就消失在那些神秘的野兽丛中，
他绛红色的袈裟，
被一轮弯弯的月牙叼起。

加德满都

如果你找不到我
我肯定在加德满都
在博达哈大佛塔旁
一群鸽子喂养着我
你会看到一个长发飘飘的流浪者
黝黑的脸膛
浑身是尘土
坐在一块阳光灿烂的地方
喝着一杯施舍的奶茶
抽着丢弃的烟屁股
想念着遥远的亲人

偷听

我在阿姆斯特丹温泉
听到隔壁
仅一道绿树红花之隔的
“布拉格之春”里
一对恋人
女问男
韶关的房价
现在多少钱

青海湖

一头牦牛
站在湖边
寻找相机

它的脑袋
缓慢移动
像城市上空
最古老的一台
电子眼

乌兰巴托

他提着半瓶酒踉踉跄跄走出图雅的酒馆
弯着腰费尽周折解下绑在路边栏杆上马儿的缰绳
仰头又猛喝一口
牵着马在城市里四处乱撞
怎么也找不到自己的蒙古包

马儿的头上冒着星星
城市的边缘荒草连天

黑帐篷

阿妈走了
那些守夜的星星都还没回家
我还酣睡在香甜的梦里
梦中　阿妈拖着虚弱的身子
走向了草原深处的一顶黑帐篷
她站在帐篷门口
犹豫了一下
回头看了看我
突然笑了
醒来后阿妈就不见了
阿爸说阿妈走了
她走得很安静
没有一丁点儿痛苦
从此我一直带着一个疑问
在梦中寻找那顶神秘的黑帐篷
我在想啊!
在那顶帐篷里面
是不是还住着我的爷爷和奶奶

河卡

所有的人都已入睡
所有的羊儿都已就寝
所有的牦牛都在做梦
所有的马匹都已安息
所有的声音都已窒息
供销社的铁门早已紧闭
只有月亮照着河卡
只有河卡照着月亮

注：河卡，青海省海南藏族自治州的一个小镇。

杨　叉

本名杨剑波。1986年生，广东茂名人。

世界上最美丽的童话故事

很久很久以前
有个善良美丽的公主
被邪恶的后母下毒咒
永远昏睡
直到那天
一只癞蛤蟆跳到身上
用力把她插醒
从此
两个人过着幸福的生活

我们都是慷慨的人

因为没有钱
我们更加看重自己的身体
在见面的时候
我们把它当作最昂贵的礼物
赠送给对方

美津子，你用什么占据我的口腔

我说的是早餐
是别一把牙刷的口盅
是块来自西方海岸的龙虾
和南方小镇的面包
是盐水
或者新制造的工具
用来敲牙

美津子，你并不是美津子
但在这里，他们说
需要个好听的名字
比如一盆刚搬来的盆栽
在猫第五或第六声
尖叫后

早晨，竟然可以感觉
阳光。那种来自地球以外
奇妙而精细的东西
让毛孔变得明显
可以勉强塞进只小跳蚤

明显的还有一粒皮屑
来自你，也可能
来自我

我提到了很多东西
包括皮包、洗面乳
银耳环、西瓜草
尾段装饰着孔雀毛的箭
那支叫作super的铅笔

美津子，当我说
美津子
的时候，并不表示
窗外飞过笨拙的超人
也不表示
18号那天，或7号
会下弹珠大小的雨

其实，我只是
说啊
我说啊
我说的不是别人说的
那些东西

有时候我特别浑蛋，有时则不

我忽然想对你坦陈一个事实
我特别地浑蛋
我浑蛋的时候，像个地道的流氓，我可以把裤子提高，撒一泡尿在讨厌的人的鞋里，也可以对一个不好看的女孩说她是这个世界最让人心动的女孩
但我很少让女孩哭泣
一个哭泣的人是不好看的
1998年，在广东小镇的街头，我看到过一个女人在哭泣，我发誓，这辈子我看过的所有哭泣中，都没有她伤心，她的心和肺都哭了出来
她是我的母亲
一言不合，我的父亲用皮带教训了她
她哭泣的时候比没有哭泣的时候难看了很多
这是一件让我难过的事情

我有一把枪

几十年来，我走在
那些欲望和危险交织的街头
只带一把枪
一把性格粗暴的枪
我从不恋战，但一直走火

许立志

出生于1990年，广东揭阳人。生前曾在富士康工作两年。作品见于《打工诗人》《打工文学》《特区文学》《深圳特区报》《天津诗人》《新世纪诗典》等。2014年10月初在深圳跳楼身亡。

远航

我想在凌晨五点的流水线上睡去
我想合上双眼，不再担忧熬夜和加班
此行的终点是大海，我是一条船

悬疑小说

去年在网上买的花瓶
昨天晚上才收到
实事求是地说
这不能怪快递公司
怪只怪
我的住处太难找
因此当快递员大汗淋漓地
出现在我面前时
我不但没有责备他
还向他露出了
友好的微笑
出于礼貌
他也对我点头哈腰
为了表示歉意
他还在我的墓碑前
递上一束鲜花

一颗螺丝掉在地上

一颗螺丝掉在地上
在这个加班的夜晚
垂直降落，轻轻一响
不会引起任何人的注意
就像在此之前
某个相同的夜晚
有个人掉在地上

局外人

老祖母奄奄一息
僵在床尾
随时准备死去

爹放出体内咆哮的狼
在饭桌上
把娘撕成肉浆

姐姐缩在墙角
抚摩来自身体里的
黏稠的红

我踮起脚尖
趴在窗外窥视这一切
我面无表情

我咽下一枚铁做的月亮……

我咽下一枚铁做的月亮
他们把它叫作螺丝

我咽下这工业的废水、失业的订单
那些低于机台的青春早早夭亡

我咽下奔波，咽下流离失所
咽下人行天桥，咽下长满水锈的生活

我再咽不下了
所有我曾经咽下的现在都从喉咙里汹涌而出
在祖国的领土上铺成一首
耻辱的诗

我知道会有那么一天

我知道会有那么一天
那些我认识的不认识的人
会走进我的房间
收拾好我留下的残骸
清洗我淌满地板的发黑的血迹
把凌乱的桌椅摆好
把发霉的垃圾倒掉
把阳台上的衣服收回来
那首没来得及写完的诗会有人帮我写完
那本没来得及读完的书会有人帮我读完
那支没来得及点亮的蜡烛会有人帮我点亮
最后是那抹长年没拉开的窗帘
帮我拉开，让阳光进来逗留一会儿
再拉上，然后用钉子死死钉住
整个过程井然有序，庄严肃穆
收拾完这一切
人们排队离开
再帮我把门悄悄带上

我就那样站着入睡

眼前的纸张微微发黄
我用钢笔在上面凿下深浅不一的黑
里面盛满打工的词汇
车间、流水线、机台、上岗证、加班、薪水……
我被它们治得服服贴贴
我不会呐喊，不会反抗
不会控诉，不会埋怨
只默默地承受着疲惫
驻足时光之初
我只盼望每月十号那张灰色的薪资单
赐我以迟到的安慰
为此我必须磨去棱角，磨去语言
拒绝旷工，拒绝病假，拒绝事假
拒绝迟到，拒绝早退
流水线旁我站立如铁，双手如飞
多少白天，多少黑夜
我就那样，站着入睡

旻　旻

原名林旻颖，毕业于广东外语外贸大学。著有诗集《画出天空的彩虹》《风吹过叶尖》《他世界》，散文集《滴露成珠》，小说集《繁花碎》，长篇小说《雾庄》。

他世界（节选）

天空才完成一半

天空才完成一半
最后一滴拯救的水
从光中沉入地底
阳光编织好一顶草帽，缀上星星
而你，亲爱的，你手指温柔
触及之处，皆滑向衰败

暮夏时节

暮夏时节，坐在纸莎草丛中
我闻着淡紫色的清香
看命运的星辰布好方阵
周而复始演绎着街知巷闻的传说
亲爱的路人甲，你来临前的美好时辰
我在时间的尽头，收集路过的光，并把火烧旺

死神在即将盛开的花蕊上

死神在即将盛开的花蕊上
举行最后的盛宴
请戴上洁净的贝壳花冠，诗人及爱人们
请开始倾听，请自由歌唱
没有大片大片的时间
只有大片大片出逃的梦，盛满天空的酒杯

那个在风中赋予黑暗翅膀的人

那个在风中赋予黑暗翅膀的人
在纸莎草盛开的水边睡去

他的梦摇晃着大地，拨旺篝火
他用耳朵畅饮光的回声
让水中长出天堂之梯

紫藤花盛开的木窗

紫藤花盛开的木窗
白色窗帘晃动
因美而来的蝴蝶和蜜蜂
在枝头上歇息
珍珠一样的姑娘
像一首诗从窗前经过
被同样路过的阳光，明媚地晒
一切如此美好，如同天衣无缝的谎言

她在芨芨草丛中沉睡

她在芨芨草丛中沉睡
请不要打搅她
请拿走那杯清水
以及水里守口如瓶的爱情
请把白天和云彩也拿走

只把黑暗和镜子留下

每一个夜晚

每一个夜晚，我依旧光着脚丫
在水面上徘徊，一个个
脚印，在水面泛起涟漪
月光打着拍，和鱼儿起舞
亲爱的，我深林里的独角兽
夜已经走了很长的路，你还没来
那么多星星，全掉落水里

我爱你一身白衣

这样的夜色
你会再听到我的笑声
——我的天使或死神
会再为我做花一样香的玉米汁
我爱你一身白衣，亲爱的
娇艳的石头窃窃私语
关于爱情、死亡以及我们隐秘的传说
亡灵在林间穿梭，她们轻轻唱

阮雪芳

曾用笔名冷雪。韩山师范学院诗歌创研中心理事，作品发表、入选多种刊物及选本，出版诗集《经霜的事物》。现居广州。

分居期的女人

冒雨访你。楼梯
一条上升的暗道
你的住处
声控灯一明一灭，夜晚
在身后跳着醉汉的步子
你打开门，长发的波浪
和影子的香气
两小时，我们静坐，喝酒
隔壁的孩子熟睡

我们打开画册看弗里达
嘶哑的色彩。这时
湿淋淋一只苍蝇撞在
窗玻璃上，你看着它
长时间沉默。大雨

仿佛一个裸体的女人
正抱紧她的灵魂
奔跑而过。肮脏的街道四处延伸
身体是孤独的教堂，你没有喝醉

女市长

采访开始
无数次对准镜头
她圆熟、大方，老司机一样控制
语速
黑色羊绒西服衬着银灰短发
谈负责民族宗教、文化和新闻出版、计生
她坚定
如打磨光滑的方形石头
只有一次
我问及她的童年
“父亲是一名国军飞行员，某场较量中被击落”
她合上眼
让那个六岁的小女孩
留在身体的黑刺丛中哭泣
仅仅停了
1.1秒
她又像老司机一样
加快油门

每一个女人都是美丽的小姨

丁伟的妻子提出离婚
理由是丁伟干不了那事
“窝囊货”
走出民政局大门
前妻狠狠地啐了一口
低着头
丁伟看见一群蚂蚁穿过路边草丛
他没对谁提起
五岁时曾看见父亲
把小姨按倒在茂密草丛间
第二天小姨投河自杀
随着长大他渐渐地淡忘
但某个夜晚
和女友亲热时
丁伟突然感到
每一个女人都是美丽的小姨

杜小豆

——嘘！妈妈和叔叔有事要谈
他们在房间里

整个下午
杜小豆趴在客厅的窗台上
她无聊地虚构了一场雨
数数耳朵里的落叶
数数雨点
数数被打湿的毛毛虫
雨再大些
就淹没了
床上
沉重的打滚声

皈依

有一段时间
我经常去韩江对岸的一座山
山上一座寺庙
不是为了烧香、听诵经
而是庙里有一个和尚
长得俊极了
看见他
我就感觉自己干干净净
仿佛从未受过伤害
从未历经生离死别

第二辑 / 向黑暗扔一块石头

从　容

诗人、剧作家、跨界艺术家。毕业于上海戏剧学院。“中国诗剧场”和“第一朗读者”创办人、艺术总监。著有诗集《隐秘的莲花》《我心从容》《从容时光》等。曾获中国电影“金鸡奖”、“华表奖”、“中国戏剧贡献奖”、“诗歌传播贡献奖”、“诗歌成就奖”等，诗集获中国作协对外翻译工程资助项目。

倒车

妹妹，我与你的声音相遇在涠洲岛
二十年前你录了一条广告只挣了七块钱
广告商对你说，你的声音会传遍天涯海角
黑暗的香蕉树下，你在说“倒车，请注意”

我被分配进一间客房412，怎么回事？

怎么会是你的生日号码?
你是提前来涠洲岛等我吗?
我从412房间望出去

比汉堡包要精致得多的层层火山岩
用硬朗裸露的姿势挑逗大海
而大海用一天亲近她，用另一天躲避她
他多像你爱过的男人
他们总是留给你一些细碎的贝壳、小石子
和比“黄金海岸”还要柔细的沙
硌疼你的眼睛

妹妹，更奇怪的是从涠洲岛回到北海
在老街那条窄得只能摩肩抱乳的摩乳巷
我与年轻时的姥姥相遇
她现在不姓陈了，她请我吃了一碗活着时最爱的银耳羹
还与我在菩提树下合影留念

我想到了你，故意让我听到的声音:“倒车，请注意!”
你是在暗示我:“过去，请注意!”
你们俩站在我到来之前的未来的树下等我吗?
小时候姥姥问，你们长大找个什么样的丈夫?

"像爸爸那样的！"

直到你死去，我们俩都没有找到
难道我们的爱人隐藏在过去的某个拐角？
"倒车，请注意！"

妹妹，你能再透露一点吗？
我将在未来的哪一天遇见前世的爱人？
如果他来了，你是让我替你爱他？

减法练习

我的城市被雨水淹没
雷电笼罩的楼房总让我异常兴奋
每每想到一个男人在雨中关窗的动作

暴雨、警报、紧闭门窗、与世界隔绝
我开始删掉手机中的联系人

第一个删掉的是一位董事长
他的公司制造壮阳酒并已经大张旗鼓地上市
第二个删掉的是一位广告商，他在酒会上说
他曾经是记者
第三个删掉的是一位童星的妈妈
她孩子的笑脸比成年人更迷茫

据说人的一生会遇到两千九百二十万人
我只想在每座城市保留一个朋友

“呵呵，你懂的！”
一千多个电话，我删掉了九百个
已经离去的亲人，有时我半夜醒来还会拨号

接电话的是一些陌生的男人和女人

死去妹妹的QQ，我一直没有删除
它就在那里隐身，她一定还在悄悄上网

此时，电视里的主持人拿着话筒焦急地说
每个街区都有人正在失踪

殡仪馆王主任的电话
我考虑再三，还是保留

第一次见你褪去衣服后的疤

那是从未在众人面前显露的
生活的另一面，你的另一张脸
用布遮闭，密不示人
不完美的洞穴，被挖掉的眼睛
残忍地裸露在我的眼前

上天用这个黑色的疤提示我
你秘而不宣的悲伤
亲爱的，你连屁股都是悲伤的
不能和任何人说起，如同我们的爱情
你把悲伤坐在悲伤下
板凳与棉布磨损你黑色的童年

一秒钟前深情的凝视
转身，骨盆的黑色蜘蛛让我胆寒
我们都无法控制人类的善变
这黑色的幽默多么无奈，我不能
奉献你一个精湛的美容术
让她如你前额般光亮
我为你丑陋的疤痕哭泣

这一生，你是否把最难掩
最不可示人的黑暗
当作礼物送给了我
亲爱的，你用几个世纪的仇恨
在身体上挖出这黑色的陷阱
如此狂野地引诱我此生一起陷入

亲爱的，我多么渴望
你黑色的伤疤
被我凝视时，成为我

我们本该有三个孩子

老大叫谷雨，她在春天发芽，在夏天的泥淖里枯黄
老二叫白露，她被风轮吸引，一个趔趄
被穿白大褂的人扔进生锈的铁桶，只活了三十天

老三叫小雪，她无法被更苍凉的子宫孕育
我无数次见过她们的眼睛——
比辽阔的黑暗大海还要深陷于无底的黑暗
比太阳的目光更尖锐地在夜晚刺痛我的太阳穴、承泣穴、大椎穴、劳宫穴与丹田

有时她们用会哭的眼睛在房顶整夜地盘旋
我屏息谛听，独自在寒夜三更披衣、点灯、燃香、诵经
领受她们对任督二脉和太阳穴以及所有穴位的突袭和击打
我要窒息，我要疼痛，我要头悬梁锥刺股
我要让头和身体的每一毫米在有生之年被她们银针一样的眼睛扎满、再扎满
我要扎满所有穴位，替她们受过

后来，在一个格桑花开的下午
她们再也没有触碰我的太阳穴、承泣穴、大椎穴、
  劳宫穴与丹田
她们离开了我的身体，她们去了哪儿
她们无视我、遗忘我了吗
我想要再一次疼痛！我要见她们

在青海湖边，我看见了
她们有高原女孩的眼睛，她们站在玛尼石堆，为我
  添加了一块玛尼石
她们在路边种下一排格桑花，等我经过时戴在我发
  白的鬓角
她们用眼睛长久地凝视我，凝视我的皱纹
凝视我的太阳穴、承泣穴、大椎穴、劳宫穴与丹田
直到我们都微笑着泪眼婆娑

就这样，我在她们的目光中融化
就这样，融化成为了她们的母亲

痛苦带领我们遇见最美的事物

父亲

我对你的身体一直非常好奇
男人们在一间水房里哗哗地冲洗你
用白布和藏红花，用诵经声把你裹紧

我紧紧搂着你的头
我俩身体的汗味同属一种
终于在开往墓地的车上混合
你的一绺头发被我藏着，很多年
为了提醒自己，你还在

有时候我和女儿看到一个白色的人在白色的楼梯上
　招手
还在修地铁的十字路口和拥挤的车流中尾随我们
索性让我灵魂附体一次
你的藤椅已被我坐成了一截一截的盘香

一天夜里，你竟然来到我的卧室
黑暗中，无奈地俯视着茫然的我：
女儿，我多想帮你……

宋晓贤

1989年毕业于北京师范大学中文系。1992年到广州工作。《葵》诗刊成员，《白》诗刊发起人之一。作品发表于《一行》《葵》《诗参考》《诗文本》《天涯》《诗刊》《星星》《北京文学》《十月》《上海文学》《大家》《花城》《中西诗歌》等刊物。作品入选《1999中国新诗年鉴》。出版有诗集《梦见歌声》《马兰开花二十一》《逐客书》《日悔录》。

异乡人

两个金发小姑娘
随着传教士父母
在中国出生长大
四五岁时第一次回美国
一下飞机就指着黑压压的
人群说：妈妈你看——
好多外国人

乳汁在母体内变质

女儿刚两个月大
叶子就从桂林乡下
来广州找工
(她没有钱养活孩子
她跟男朋友分手已经半年了)
但　事情并不顺利
她来信说我去医院看病了
宝宝没吃奶了
我的乳房痛得很
挤出来　却是脓

卑微者

后来，我们说起那些残酷的事情时
有人曾向父亲问起他在“文革”中的情形
他有点含糊其词，只说最厉害时也被放过飞机
没有细节，他似乎为自己没有受那一类大苦
（坐牢、抄家、万人批斗大会）而愧疚
（恨不能自己回过头去再承受一次大刑
其实我知道，他远到不了那个级别
受害不是最大的那个，之后也就不是最红的那个）

有一天，我去探望患肝癌的朋友
见了面，朋友对我腼腆地一笑
似乎为自己得病劳动朋友来而表示歉意

有时候，我觉得他们是同一个人
他们万事不求人，不惊动众人
众人也不为难他们
他们都可以平安地活着，平静地死去
但是追问与探望，对他们都构成一种伤害
他们不得不就范，被迫地迎合

于是，在人前，他们总是歉意地
赔着笑，并且手足无措

琴

一把琴，被人爱惜着
是幸福的

一把琴，被懂它的人弹着
更幸福

我的琴在地铁里不作声
我是要把它带到一个
可以发声的地方

地铁里的人都不作声
就像制琴工厂，或运琴的货车

他们要去到哪里才会被人弹奏
他们要去到哪里才会被人珍惜

出卖母语者

1807年
马礼逊化装
潜入广州
躲在十三行的洋行阁楼上
偷偷学习中文
他请的中国老师
收费很贵
很难理解，问为什么
中国老师说
自己偷偷来上课
衣袋里随身带着毒药
万一被清政府抓住
知道他
把汉语
出卖给一个洋人
他就死定了
他宁可自杀
还可以留点活命钱
给自己的家人

这把泥土

一个德国老人
请香港的朋友
为他从中国大陆
带回一样礼物——
新安县浪口村的
一把泥土

老人的父母曾经
在那里生了他
并且死在那里

梦

一聊起往事
母亲就说个不停
母亲这一辈子
劳碌、疾病、穷苦
疼痛折磨了她半辈子

然后，就说三个孩子
小时候的事情
我的故事比较多
因为1976年的一场疾病
现在，我也到了
母亲当年的年龄
她没有留下什么家当
从始至终，身无长物
母亲只有我们

从那时到如今
平淡、顺利
似乎没有什么可说的
还有些话，也不便说出

末了，母亲禁不住感叹一句养大你们几个
真像一场梦

湘莲子

原名肖功莲，60后，湖南衡阳市人，现居广东。“新世纪诗典”第二届“李白诗歌奖”点评奖得主，第六届“李白诗歌奖”推荐奖得主，“长安诗歌节”唐名人堂成员，“葵”同人。著有诗集《火祭》《机车必须替轨道行驶》《未了集》《想好梦话再睡觉》等。

基辅大雪中的女儿说……

妈呀——你给我买的皮靴不是雪地靴
你给我买的羽绒大衣不是风雪大衣
你住过的地方都没有雪
你见过的冬天都不是冬天
你以为是衡阳雪落盖不住屋顶
而地面只有冻雨打滑的寒冷加欢乐
你以为雪落大地纯净如初

混沌不染俗尘而又玉洁冰清
你以为纷纷大雪只是瞬息
而室内暖气可以温暖一个冬季
你居然从来没教过我在雪地上走路
你居然从来不知道在雪地上怎么走路
我每天被两个内蒙古同学架着去上课
我们发明了只有我们才听得懂的雪地口令
啊进、得哇、特哩
啊进、得哇、特哩
我们把中国的一二三
直译成俄语的啊进、得哇、特哩
我们高喊着中国句式的俄语口令
我们跌跌撞撞步调一致向前走
啊进、得哇、特哩
啊进、得哇、特哩
那些“毛子”哈哈大笑
他们也会跑过来教我学走路
在零下三十三摄氏度的积雪上行走
我一边听音乐，一边跟你手机QQ视频
你想不想来雪地里学走路
你要不要我教你在雪地上昂首阔步

QQ上，女儿说梦

娘，我梦见我的灵魂
与你的灵魂换错了
你认不出我，怎么解释
都没用，你就不信我

视频里，女儿习惯地
吮了一下手指——
霎时，我乳房胀满，仿佛
流出乳汁

懂风水的同学说——

你家梳妆台的镜子
跟门对冲
不好
我急忙把镜子挪到床头
她摇头
镜子对床头
主凶
我嚇地一脚将它踢到床尾
她摇头
镜子对床
犯冲
对窗也不行
犯冲
实在没地方挪了
我扯下脖子上的围巾
严严实实
罩在镜子上
她摇头
绿巾盖头
绿帽顶头

犯冲
我换了一条鹅黄纱巾
她掐了掐手指
摇头
你今年命犯太岁
冲黄色
我翻箱倒柜
找到一条红坎肩
她摇头
今年寡年
红
不能辟邪
你只能
摆个吉祥物
摆个镇魔的东西

里里外外
她看了又看
之后
她从书架上取出《曹操》
她把《曹操》从中部打开
压住镜子

路过被查封的夜总会

可能裙子
有点短
又喷多了香水
一条警犬
追着我
闻了又闻
差点
挣脱狗链

婚誓

你是我的伴娘
我是你的媒人

你说你
作死
也不做
前妻
并嘱咐我
再熬
也莫熬成
前妻

我熬着
早熬成了
前妻
你早死
也死成了
前妻

病房记事1

海参在遇到天敌时会把身子分成两半，
一半让天敌吃掉，
另一半逃走。
——选自希姆博尔斯卡《自断》

我说过年不谈诗我们讲故事
就像半截钢管砸去了半边脑子的泥水工
像他和他的病友们在病房里
谈天、吵架、抽搐、梦游一样

他说3+2=1
就像三个指头加两个指头等于一只手
两只手加起来等于一双手一样
就像老鼠最不喜欢老鼠药
最喜欢吃老鼠药的一定是老鼠一样

就像他们海阔天空
一下子从数学转向哲学
个数转向复数
手指头转向塌瘪的脑袋

转向老鼠、老鼠药、漏洞、气球一样
就像11+11=22、22-2=20一样

他说漏洞不是不可以修补的
就像老鼠药总是会被老鼠消化一样
就像老鼠在他脑袋上打洞
他脑子有漏洞、漏洞跟漏气
漏气的气球是最难吹的气球一样
就像他半边塌瘪的脑袋
塌瘪的脑袋被哈欠打得一鼓一陷一样

他说放老鼠药的箱子里没有老鼠
老鼠药很伤老鼠
就像读书很伤脑子一样
他说老鼠偷吃了他的脑钻进了他脑子
就像他说他头疼，我头也疼
他要我在他脑子里放老鼠药一样

就像他说："我快傻了
脑子快被吃光了
老板不要我，女朋友也不要我了。"就像他很绝望
他绝望得鬼哭狼嚎一样

他哭起来就像一只捉不到老鼠的猫
就像一百只老鼠也敌不过一只猫一样
他说:“谁都搞不定，谁都补不了这个洞
只有我能，我有法子嘛。我弄点上好的水泥
兑点酒水，啧啧。相信我的技术嘛。”

他指着自己缺损的颞骨就像指着某个屋顶的缺口
就像他正在修补的某个屋顶的缺口一样

越南归来

我发现
很多照片上的
我都低着头

我低头
在中越友谊大桥上
找国境线

我低头
在越南一号公路边
剥海鸭蛋

我低头
想曾娶我为妻的那个人
有多少战友留在越南

我低头
在茶古大教堂边的小店里
挑一串佛珠

江湖海

曾用笔名银波。“新世纪诗典”诗人，唐名人堂成员，“葵”同人。1979年起发表诗作一千余首。出版诗集十一部，散文集五部。现居广东惠州。

寻找礼物

有时，我到一座大城市
走过中山路、人民路、国庆路
都是些硕大的街道
走到双脚发软
仅只是给女儿寻一枚
最小的发夹

五线谱

黄昏我走出三新村
看见数十只半死不活的鸟
蹲在五根平行电线上
我心惊之下默唱了一遍
果然是哀乐

盲琴师

我常跑上三里地
到盲人的屋前
听从他大声的吩咐
再爬二里坡
采回凝固的松香
那时我还小
不会用树的乳汁比喻松香
松香烫到二胡嘴上
乐音山泉般哗哗流淌
邻家吃奶的孩子
睁大眼睛停止吸吮
我也整个儿傻掉
盲琴师死去已经多年
琴声刻录在山石上
我每次回老家都会听见

前妻

回国就打我电话
我到她落榻的旅店
十几年不见
不寒暄也不握手
她正逛完步行街回房
站在床头镜前
从容脱掉外衣、内衣
又逐件穿上新的
我正想她怎么这样
她转过脸问我
你觉得这套如何
好像我还是她老公

地球饭桌

工地旁边
大群民工蹲着
碗放在地面
地球是他们的饭桌
工地变成高楼
他们悄然移身别处
继续把地球
当成自己的饭桌

佛刀

争夺坟山。马头山人
以铜刀
戳死对方三个人
我问满叔
铜刀从哪儿弄来的
“雄铁匠打的
他偷出寺庙的铜佛像
打了三夜”
满叔答话时头也没抬

我常空怀宏大事物

我把小狗托比
改名大地
深夜回家歪在躺椅
大地偎在脚边
我把大地揽在怀里
寻得闲暇
我帮大地洗澡
修剪毛发
给大地的伤口消毒包扎
劝大地叹息轻点
之后我把大地改名天空
再后改名大海
我把为大地所做的
重做一遍

大台

马头山的“地富反坏右”
下午分头行动
挨家挨户搬出木桌
汗流浃背地
扛到生产队的晒谷场
拼成一张大台
晚上自己爬到台上挨斗
右派张文勇
经不起皮鞭抽打
一头栽倒在
大台前沿的木桌上
细心的人看出
那正是张文勇从张里范家
扛来的木桌

杨　克

已经出版《杨克的诗》《有关与无关》等十一本诗集，1998年至今编选每年度《中国诗歌年鉴》等。诗作入选《中国新文学大系》《中国新诗百年经典》等三百种诗选。

人民

那些讨薪的民工。那些从大平煤窑里伸出的
一百四十八双残损的手掌
卖血染上艾滋的李爱叶
黄土高坡放羊的光棍
沾着口水数钱的长舌妇
发廊妹，不合法的性工作者
跟城管打游击战的小贩
需要桑拿的
小老板

那些骑自行车的上班族
无所事事的溜达者
那些酒吧里的浪荡子。边喝茶
边逗鸟的老翁
让人一头雾水的学者
那臭烘烘的酒鬼、赌徒、挑夫
推销员、庄稼汉、教师、士兵
公子哥儿、乞丐、医生、秘书（以及“小蜜”）
单位里头的丑角或
配角

从长安街到广州大道
这个冬天我从未遇到过“人民”
只看见无数卑微地说话的身体
每天坐在公共汽车上
互相取暖
就像肮脏的零钱
使用的人，皱着眉头，把他们递给了，社会

人民（之三）
——卢旺达或苏丹

欧洲的孩子不知道
“短缺”
美国的孩子不知道
“其他国家”
非洲的孩子不知道
“粮食”

在黑非洲
两只干瘪布袋的乳房
挂在
依稀可辨的肋骨上

那趴倒在荒野
只剩下皮包骨头的小女孩
与一只硕大的秃鹫
对峙

眼睛里
对死亡的恐惧早已不再闪过

谁是谁的盘中餐
那只绝望的螳螂
向前　伸着几丫枯枝

妄想
挡住比车轮更巨大的饥饿

甚是恐怖

不远处
成堆的尸体里
突然出现一张张大的嘴

有关与无关

禽流感跟鸡鸭有关　甲流跟猪无关
“非典”跟果子狸关系依然暧昧
这不是医学问题　是能言之人使动物担替了罪名
窃书不为偷　薯条也不等于土豆
下跌都可以负增长名之
不会说话的动物　找不到律师为其辩诬

“9·11”与基地有关　真主党跟真主无关
如今阿富汗的爆炸闹不明白跟拉登有关无关
拉登就是一只果子狸　在岩洞树洞土穴中
与穿山甲　鼹鼠勾肩搭背　昼伏夜出
美国人要对付他也得变成野兽　有趣有趣
(美国的间谍卫星能拍摄大街上美女手腕上的分针
可为什么拍不到拉登的手表？)

伊拉克与大油田有关　萨达姆跟大杀伤武器无关
奥巴马的“和平奖”跟小布什有点沾亲带故
要不是小布什好战　奥巴马哪来的谈和良机
靠着卖火药先富起来的欧洲
发奖给东征西伐的美国，好玩好玩

增兵是为了和平　反恐是为了休战

前几天两个在长途大巴上咳嗽的民工
正是差点被《时代周刊》评为“年度人物”的中国
　工人
他们被全车乘客投票表决丢进冰天雪地里
在这个国家　很多人装出跟民主无关
可有时他们不得不偷偷使用这个法宝
来对付那些比他们更弱小无助的人

死亡短信

车子疾驰在去往医院的路上
我看见天空瞬间敞开了
它澄明高旷，最深处影影幢幢
难道这么快就出界了灵魂漫游
好似有一双隐形翅膀在等我
带我去赴某个既定的约会

在地上移动了几十年
天空此刻与我重新联通
是的，我也会像那朵浮云虚无缥缈
澹澹的，淡淡的，没有边际
也许，那儿再无信号，我不在服务区
世间再无我的音信

这一刻我斜躺在后座上
心境祥和，仿若干净的水面
只一眼就洞悉了宇宙内存的奥秘
生命只是一条微不足道的信息
携带它的密码
被复制到这个世界

随后被删除，转发至另一个时空

某只看不见的手，轻轻按动软键
睁眼表示拒绝　闭眼意味接受
我陷入平静　坦然接受命运的腾挪
我不知道神在哪里
死亡突然变得一点都不可怕
无非在东土关机，再去西天充电
就像转发一条短信这样稀松平常

鸡为什么要过马路

“鸡，马路，它竟已过了马路”
天下居然有这么从容的小母鸡
（为什么不是一只公鸡？）
无知无畏，在虚张声势的汽车中间
行走，在潮水中，在忠孝东路
转折处。鸡头
一起一伏，像高扬的坐标
“那只鸡好快乐啊！”
“鸡之意不在马路，在乎山水之间”
果然这之前它已穿越两道门
和门之间舒缓的草坡
年轻的鸡，自由自在
踩着松软的草皮它知道那下面原是垃圾
一条小蚯蚓（或干硬的口香糖？）
三番五次逃脱
“不想过马路的鸡不是好鸡！”
人走多了，世上就没有路
三十米斑马线
漫长如两万五千里长征
稍不留神就会掉入没有盖的下水井里去

(被倒影在臭水里的小公鸡逗得血脉偾张)
“鸡活腻了吗？”不！
“这哪里是鸡？分明是英雄”
“为了追求更高的善”
一串写满“个”字的脚印
消失在空气中。像网络
断开链接
(别忘了还有鸡蛋
如果那是一只母鸡)

鸡为什么要过马路
鸡为什么要过马路
(马说我的路干吗要鸡过?
鸡说我偏要过的就是马路！)

噢！一只熟鸡
被拎在薄膜袋里，一起一伏

在东莞遇见一小块稻田

厂房的脚趾缝
矮脚稻
拼命抱住最后一些土

它的根苗
疲惫地张着

愤怒的手　想从泥水里
抠出鸟声和虫叫

从一片亮汪汪的阳光里
我看见禾叶
耸起的背脊

一株株稻穗在拔节
谷粒灌浆　在夏风中微微笑着
跟我交谈

顿时我从喧嚣浮躁的汪洋大海里
拧干自己

像一件白衬衣

昨天我怎么也没想到
在东莞
我竟然遇见一小块稻田
青黄的稻穗
一直晃在
欣喜和悲痛的瞬间

东荡子

生于1964年9月，湖南沅江人。1982年应征入伍，1983年复原后个体经商、教书、任编辑等。1987开始写诗并发表。1991年毕业于复旦大学中文系。著有诗歌集《王冠》《不爱之间》《阿斯加》等。2013年逝世。

让他们去天堂修理栅栏

鱼池是危险的，堤坝在分崩离析
小心点，不要喊，不要惊扰
走远，或者过来
修理工喜欢庭院里的生活
让他们去天堂修理栅栏吧
那里，有一根木条的确已断裂

我绕着城墙走了三天

我绕着城墙走了三天，它不飞，却掉下羽毛
眼看我就要着陆，要把锚抛在它斑驳的顶端
为何不见牧羊的鞭子，驱赶怨恨和雾霭
为何不是你，站在墙头，对我怒目圆睁

三天有多少桥梁处于无奈，将座座堡垒连接
三天的烈日、山冈和海洋，也都要出头露面
我只有一寸完好的皮肤，等你们撕开
我只有一块碎片，保留着体温，等你们飞起来

相信你终会行将就木

为什么我会听到这样的声音
在心心相印的高粱地
不把生米煮成熟饭的人，是可耻的人
在泅渡的海上
放弃稻草和呼救的人，是可耻的人
为什么是你说出，他们与你不共戴天
难道他们相信你终会行将就木
不能拔剑高歌
不能化腐朽为神奇
为什么偏偏是你，奄奄一息，还不松手
把他们搂在枕边

倘若它一心发光

一具黑棺材被八个人抬在路口
八双大手挪开棺盖
八双眼睛紧紧盯着快要落气的喉咙
我快要死了。一边死我一边说话
路口朝着三个方向，我选择死亡
其余的通向河流和森林
我曾如此眷恋，可从未抵达
来到路口，我只依恋棺材和八双大脚
它们将替我把余生的路途走完
我快要死了，一边死我一边说话
有一个东西我仍然深信
它从不围绕任何星体转来转去
倘若它一心发光
死后我又如何怀疑
一个失去声带的人会停止歌唱

阿　吾

1965年1月生于重庆，1986年在《诗刊》第一次发表诗作，1987年起倡导“不变形诗”写作，代表作有《相声专场》《出去》《我们一家都生在河边》《一年三百六十五句》《向黑暗扔一块石头》等，作品已被翻译为多种文字。

我们一家都生在河边
——为吾儿摩西百日而作

孩子，这个傍晚
爸爸不能不想起你
一百天前
你出生在怀卡托河边
每当我想到这里
双眼像河流一样潮湿
你长大后会知道

我们一家都生在河边
爸爸的那条河叫长江
妈妈的那条河叫黄河
哥哥的那条河叫珠江
你的那条河就叫怀卡托
求神带领你
就像带领摩西
求神带领我们一家
就像带领每一条河流
孩子，有一天你会明白
我们一家为什么都生在河边

最近我常常听见远方的声音

最近我常常听见
远方的声音
很轻
但能唤醒我的肉体和心灵
向两只耳朵靠拢
我斜靠在破旧的沙发上
微闭双眼
想象声音的行程
它源起于海面之巅
流走的云朵
横跨岸边的悬崖
翻越大小山岭
拂过宽阔的田畴
溪涧、河流、湖泊
到达四川盆地
从朝天门进入重庆
沿高层建筑的轮廓
分散于大街小巷
最后剩下微弱的气息
被我吸收
死在我的幻觉里

此路不通

此路不通
写着这四个字的牌子
竖立在大路的右边
它是对汽车说的
也是对驾驶汽车的人说的
但不是单独对人说的
也不是对常见的动物说的
比如猫和狗
它们不太理会人为的那一套

现在我属于哪一种呢
如果我坚持同我的汽车守在一起
此路不通
如果我愿意放弃我的汽车
沿着一条双脚踩出来的小路
我可以在前进的方向上
越走越远
一直走到我内定的目的地
以及没有尽头的天边

我在等谁

我在等谁
我在这里已经等了半个小时
少数时间坐着
多数时间站着
表明我长久期待的心情
夹杂短暂的倦怠
这是一个丁字路口
两条大路交叉
有三个方向可以到达我的位置
起初我注视南方
望不到尽头的高楼大厦中间
车辆川流不息，行人摩肩接踵
接着我注视东方
车比人多
然后我注视西方
人比车多
我就这样南方、东方、西方的循环瞭望
多少车辆和行人
接近我，又远离我
没有人问我是不是他们要找的人

甚至没有人问我去哪里怎么走
这里还叫鱼洞
已不是我的那个鱼洞
最后我开始怀疑
我在等谁
我站在这里
或许就是为了站在这里
故乡罚我站在这里

向黑暗扔一块石头

向黑暗扔一块石头
我的双眼没有得到回应
只听见石头飞行的声音
以我目前的处境
石头最可能碰着一栋建筑
不是墙就是门或窗
也很可能碰着一个行人
他或她身体的任何部位
也很可能碰着一辆车
轿车、客车或救护车
很少的可能是碰着一棵树
夹竹桃或者法国梧桐
不可能碰着一江秋水
江上的鱼船或江岸的赤壁
不可能碰着一望无际的田野
金黄的稻谷或雪白的棉花
不可能碰着一只飞鸟
乌鸦或者喜鹊
它们本应是石头的归宿
今天变成了城市的命运

向黑暗扔一块石头
和向光明扔一块石头
效果竟然完全一样
我站在黑暗中
剩下石头奇怪的响声

这两天看见人我就感到孤独

这两天看见人我就感到孤独
人越多，我越孤独
我越孤独，我感觉人越多

这两天看见飞鸟我就想到轻生
鸟飞得越高，我越想轻生
我越想轻生，我感觉鸟飞得越高

这两天看见大树我就全身寒冷
树越大，我越寒冷
我越寒冷，我感觉树越大

这两天看见床我就会逃跑
床越宽，我逃得越快
我逃得越快，我感觉床越宽

这两天看见电脑我就动情
电脑越恼，我越动情
我越动情，我感觉电脑越恼

这两天看见天我就开始头晕
天越晴，我头越晕
我头越晕，我感觉天越晴

两天之后，我看见自己就想打
看得越清楚，我打得越重
我打得越重，我感觉自己越清楚

燕　窝

70后，客家人，现居广州，自1998年上网，进入“以网络为主阵地”的文字耕耘生涯，出没诗生活、北大在线、甜卡车、网易、蓝天等诗歌网站。2006年在花城出版社出版《恋爱中的诗经》。

一宗股权公告

在夏天投下一票
和你连成一体，建成地铁
轨道交通、航空港、高速和市政道路的高档住宅区
交出我剩余的青春、我的大后方和土地
等你来拿
请你核准批复
你有盛大的欢容
我有造山精神，愚公移山，精卫填海

申请你的生命期权：五十年不变
七十年可获得永久使用权
一期，二期，三期规划
整整三十万平方是交通用地，五十五万平码头
还有八十六万可建设用地，可焖可煮，可蒸可炒
你头顶上方的净空，让我自由飞翔
你的海域是观音手中的杨柳净瓶，二百五十万年吞吐量
投资十二亿，长期稳定收益百分之八
周边配套我们的孩子、父母、亲朋、好友、同学
和我们直白的美满生活
今天是7月15日，离秋天还有一个月
等你来拿
欢迎你实地考察，核算风险
本公告详见22号股权拍卖通知。谢谢

磨碟沙

我们坐火车去吃饭
天降大雨。神秘的指示驾临
扰乱我们内部的水

他们藏身在树荫里
很安静，开着临街的窗子
夜晚回到地面居住

我们曾经欢好。他们喂我鹿茸
我向他们学习欢愉
在阴影中来去的忍术

鱼美人

鱼脱下衣服
嗅着刀光。沿你身体的腥味就能走向
下一个路口

皮相江湖反复
计算生长的厚度。如果哭出声音
行星就会开始转动

所有事情变成你我的样子
它是一颗初心
失去了鳞甲和腮，阳光下开成鲜红的八瓣

你的剩余流量不足50M

感性些
表达简单些
50M过后三军尽开颜
有沟必火
把星星带给一片虚拟的黑夜
把星空带给网络剧
那些逗比
他们都是化装混进群里的
白瞎了俺的五毛红包
带刀混江湖
他们把太多流量托付给了中国移动
把匕首和熊带给同一个游戏
把自己带进游戏里
逃跑时
它说，“你的剩余流量不足50M”
它是个高级黑
它即将上线
吼吼
帮忙刷一单叔
把黑暗带给光明
把结束带给这半死不活的虚拟世界。白白

冯　娜

1985年生于云南丽江，白族。毕业并任职于中山大学。著有《无数灯火选中的夜》《寻鹤》等诗文集多部。曾获“华文青年诗人奖”等多种奖项。参加诗刊社第二十九届“青春诗会”。首都师范大学第十二届“驻校诗人”。

橙子

我舍不得切开你艳丽的心痛
粒粒都藏着向阳时零星的甜蜜
我提着刀来
自然是不再爱你了

与父亲掰手腕

我从未赢过他
我使出婴孩和一个少女的全部力气

我从未想赢他
当他还能将一个游戏视为游戏
当他还能将一个游戏重新想起

我不能察觉他在老去
我不能总让他赢
我必须伺机　在他突然的疏忽中
扳回一局

尖叫

这个夏天，我又认识了一些植物
有些名字清凉胜雪
有些揉在手指上，血一样腥
需要费力砸开果壳的
其实心比我还软
植物在雨中也是安静的
我们，早已经失去了无言的自信
而这世上，几乎所有叶子都含着苦味
我又如何分辨哪一种更轻微
在路上，我又遇到了更多的植物
烈日下开花
这时我犹豫着
要不要替它们尖叫

郑小琼

1980年6月出生，四川南充人，2001年南下广东打工，有作品散见于《人民文学》《诗刊》《独立》《活塞》等。出版诗集《女工记》《黄麻岭》《郑小琼诗选》《纯种植物》《人行天桥》等十部，其中《女工记》被喻为“中国诗歌史上第一部关于女性、劳动与资本的交响诗”，有作品被译成德、英、法、日、韩、西班牙、土耳其等语种。作品曾多次获奖。

黄麻岭

我把自己的肉体与灵魂安顿在这个小镇上
它的荔枝林，它的街道，它的流水线一个小小的
　卡座
它的雨水淋湿的思念，一趟趟，一次次

我在它的上面安置我的理想，爱情，美梦，青春
我的情人，声音，气味，生命
在异乡，在它的黯淡的街灯下
我奔波，我淋着雨水和汗水，喘着气
——我把生活摆在塑胶产品，螺丝，钉子
在一张小小的工卡上……我的生活全部
啊，我把自己交给它，一个小小的村庄
风吹走我的一切
我剩下的苍老，回家

菊花
——选自《玫瑰庄园》

纸做的灯笼飘来，点亮窗棂的寂静
水中淡出菊灯，红色绯丽的梦沿
门扉行走，暗影里的花农，哑语的灯
祖母的发髻在光中开放，丝绸的花瓣

落下。秋风似的叹息，祖母双排纽扣裙子
剪辫子。西洋服。雪茄烟。绅士帽。进化论恋爱。
文明拐杖。救国的梦。自由。民主……
祖父在鸦片青烟中目睹菊花灯熄灭

三寸金莲。红绣鞋。浴水鸳鸯。红盖头。长褂
龙脉。凤冠银饰。兰香。账本。算盘。地租……
消瘦的月光，秋风中菊花。古典的水银漂过
游园惊梦。玫瑰往事。大麻瘾。宿命波浪

穿越玫瑰庄园，今夜月光里，这片遗忘的
菊花在衰败庄园开放，弱不禁风的祖父
手持线装诗词，轻诵“兰佩紫，菊簪黄”
可惜再无法理旧狂。在一声咳嗽中

看见素面朝天的小姐温柔，鸦片暗影温柔
飘在秋风中的菊。无望的灯，衰老下去
遗下一颗枯萎的心，再也等不到春风吹拂
多年以后当我再次归来，这座后花园里

只有大片菊花开放，它们的姿势
像梦醒后回忆，也像雨水过后的
春天，大片玫瑰中，时光缓慢流转
菊花浮香，一点，两点，枯败的金黄

女工：被固定在卡座上的青春
——选自《女工记》

时间张开巨大的喙　明月在机台
生锈　它疲倦　发暗　混浊　内心的凶险
汩汩流动　身体的峭壁崩溃　泥土与碎石
时间的碎片　塞满女性体内汹涌的河流
混乱的潮水不跟随季节涨落　她坐于卡座
流动的制品与时间交错　吞噬　这么快
老了　十年像水样流动……巨大的厌倦
在脑海中漂浮……多年来　她守着
螺丝　一颗　两颗　转动　向左　向右
将梦想与青春固定在某个制品　看着
苍白的青春　一路奔跑　从内陆乡村
到沿海工厂　一直到美国某个货架
疲倦与职业的疾病在肺部积蓄
卡在喉间　不再按时到来的月经
猛烈地咳嗽　工厂远处的开发区
绿色荔枝树被砍伐　身边的机器
颤抖……她揉了揉红肿的眼窝　将自己
插在某个流动的制品间

兰爱群

——选自《女工记》

咳嗽　恶心……她遇见肺部
泥沙俱下的气管　塞满毛织厂的毛绒
五金厂的铁锈　塑胶厂的胶质……它们纠结
在胸口　像沉闷的生活卡在血管
阻塞的肺部　生活的阴影
她遇见肺部　两棵枯黄的树木
扎在她的肉体　衰老的呼吸

她　四十二岁　在毛织厂六年
五金厂四年　塑胶厂三年　电子厂两年
她的血管里塞满了尘土与疼痛
拖着疾病的躯体在回乡的车上
疲倦苍白的脸上泛出笑容
1994年出来　2009年回家
她算着这十五年在广东的时光
两个小孩已读完大学　新楼已建成
剩下疾病的躯体　回到故乡衰老
死后　最好埋在屋后的橘树下……

黄礼孩

诗歌入选《大学语文》(教材)、《中国新诗百年大典》等选本。出版诗集《给飞鸟喂食彩虹》(英文版)、《谁跑得比闪电还快》(波兰文版)等。创办《诗歌与人》及“诗歌与人·国际诗人奖”。曾获2014年凤凰卫视“美动华人·年度艺术家奖”、2013年度“黎巴嫩文学奖”等。

留下夜晚细微的回响

羽毛掠过海水，平静的屋顶之上
留下夜晚细微的回响，而在白日，它是蜜蜂黄色的间奏
晚霞提升了水色，尚未到来的，也是未界定的
在雷州半岛最南端，大海原来是一头老虎
把自己添入黄昏的翼中，它要到更远的海岸去

去年在朝鲜

夜晚，我们摸黑住进宾馆，一个外宾的居住地，住着中国人、俄罗斯人
此地，一座孤立的别墅，一个频道的电视，所播的新闻看不到现场
之后是爱国战争片，统治者的时间需要战争的影子来填满
寂静之夜，我们步出庭院。上弦月照着朝鲜，风吹大片低矮的茅草
一些隐隐约约的声音像告别一般明灭。猫头鹰在夜色里闪烁警惕的眼
在出去前，我们被告知不要走远。这里没有通往教堂的路，也没有去酒吧的路
夜色里飘着不安的气味，这个不为人知道的国度，一味披着神秘的面纱
朝鲜的天空下，星月暗淡，照着孤独的山河。树林犹豫着，在风中展示叶片
它的个性里却有着一丝的恐惧，瞬间变成铁片。这铁的夜晚是漆黑的疑虑
远远地，我们听到大海的涛声，玫瑰的气息，我们兴奋起来。大海，你这迷路的行星

那悲伤的潮水深沉宛如黑色。大海在朝鲜是一头困兽。但此时它是大自然轻盈的羽毛
一个再自闭的地方，大海也要唱出它的歌，时间有足够的耐心等到海水蓝得心醉
封闭在贝壳里的歌声也要唱出人性的嗓音，充满群山和海洋

与扎嘎耶夫斯基共进早餐

五月的树木被修改成魔方
早晨，稍稍升高的阳光
穿过窗棂落在白色床单上
打开的书在等待着新一天的阅读
我热爱你草木自由呼吸的国度
群星驱散了迷雾，歌唱的叠句留存踪迹
你到来，把早晨移到餐桌上
我们享用简单的食物，咖啡、面包
如果还有别的，那是墙上明亮的岛屿
你说起去年对中国的访问
我看见你体内的镜子映出山川人物
哲学的咖啡冒出来了东方的热气
不需要多说什么，你的微笑如此迷人
伟大的波兰之蓝，大地等同于你
巨大的云层流过天空
带来早年思考的浪潮和苦盐
从克拉科夫至格但斯克
教堂与树林之间移动着绿色的星
之前的季节，它是什么样子的尘世
询问并不压住我的嘴唇，而是发出惊奇

桥

原名何庄宁，浙江杭州人氏。曾任编辑，后在深圳创业，现居深圳。中国最早的网络诗人之一。先后出版了《和好人恋爱》《第二季水瓶谷物》《碎南瓜与平行四边形》等个人作品集。

我的慌乱中有一把枪

三月是一个慌乱的季节
所有路过她的人都没有看见她手中的枪里
装着去年的子弹
六颗
在红荔西路总站，她抖落了几片无关紧要的叶子
黄色
她就要上山假装成一棵树
她的慌乱里有一把枪

她以为她就要射中目标
一个拖着风筝奔跑的男人
一个在草地上奔跑了三年的男人
每一次瞄准
她都看到十字架
她看到时光倒流
看到去年的同一时间
她分娩
有人跳窗逃跑

桥在2009年5月

1月1日鱼刺卡在喉咙度过元旦
零点五分
桥在身上画斑马
画雪
记录证据
"作物从未成熟啊"
虚伪的硬币弹向五楼透明玻璃
自杀未遂
桥在2009年录下彩虹
迟暮的雪
和肮脏的纺织品
三月份开始饭盒里装满苦艾草
每日中餐必咽下秘制药丸
没有要感谢的人
午休在邻居家躺下
躺在一把线形刀上
喂一只苍蝇
把它藏在腋下逃离人类的封锁线

桥想下凡
一个僵硬的人睡在身边

第三辑 ╱ 不要站在风口说话

欧　亚

原名黄兆晖，福州人，先后供职南方报业和网易，担任网易读书主编和UGC中心总监，后创办儿童才艺社区“天空城”、工艺品移动商城“玩艺”和消费分享App“种草”、“新世纪诗典”、“公民阅读”策划人，与蒲荔子、蔡崇达、杨菁一起创办南方国际文学周。

阳光下的马路

现在我的心情
就像阳光下这条马路
车辆在他宽阔的胸膛上
爬　行
钢铁的骨骼震响
并不妨碍他
晒太阳的好心情

爱情

如果我要安全地走到对面
如果路上有个坑
如果我绕开
如果我掉进坑
如果我爬上来
如果你还在对面
那么
我嘴里含的泥沙
是不是叫爱情

传统诗人一种

电灯垂下来
像一颗胆
灯光舔着我
疲倦的脸庞

爱情在卷册中
沙沙作响
我一打开
就吐出芳香

茫茫人世间
我是一根蜡烛
既不躲进黑夜
也不相信太阳

春天在哪里

一个老头背着春天
走遍了世界

人们憧憬春天
像嗷嗷待哺的小鸡

春天是烧鸡、烤鸡
卤鸡，还是盐水鸡

老头子背着春天到处走
躲避着饥饿的爪子

演戏

为了演好
一个落魄的英雄
我将生命的珍宝
一件件抛掉

可我的小脚
在皮靴里打滑
还没爬上戏台
就从梯子上跌倒

……
……

现在我身无分文
是世界上最瘦的狗熊

接近

诗人写诗
写到眼睛痛
眼泪不由自主地
滴下来
模糊了诗句
他内心一阵激动
自己已经接近了荷马

谢湘南

1974年生于湖南乡村。1993年抵达深圳打工并开始写诗，先后做过工作十余种，2003年10月进入媒体工作至今，现居深圳。参加诗刊社第十四届“青春诗会”。出版诗集《零点的搬运工》《过敏史》《谢湘南诗选》。诗作入选近百种当代诗歌选本。

流动商店

他把商店开在自己身上
他的身体是一个货架
汽车坐垫　轮胎　充电器　手机外套　小公仔
钳子　扳手　千斤顶
他似乎想到了汽车需要的一切

他穿梭在汽车之间

像个杂技演员
红灯　红灯
在汽车等待绿灯的当口
将脸凑近车窗玻璃
这个要吗　这个要吗
他咂巴的嘴巴
让人想到他是在叫卖
他冲着司机抖动身体
好像在说　他的身体也是可以出售的
零配件

晒筷子

筷子长了霉
抓筷子的手指长了霉
十指连心，心也要长霉
好在太阳出来了
太阳多明亮啊
炽热的太阳照出一把筷子影儿

在南方
潮湿也有如影相随的秘密
与太阳此消彼长
筷子的身体
人的心
都是道具

滴答

这是一个雨点滴在铁皮屋顶上的声音
滴答　滴答
这是接着的两个雨点
滴在铁皮屋顶上的声音
滴答　滴答　滴答
这是持续的声音
越来越快的声音

我披起衣服走到屋外
站了站　外面并没有下雨
我折回屋又躺在床上

滴答
哦，这是秒针的声音
滴答　滴答
这是秒针连续走了两下的声音
滴答　滴答　滴答

我拉亮电灯
瞪着墙上的电子钟看着

秒针　分针　时针
纹丝不动
钟在半个月前就坏了
我拉灭灯
又睡下

滴答
滴答　滴答
滴答　滴答　滴答
哦，这是胃里一只老鼠拖着铁夹逃跑的声音
这是心脏里抽血机抽血的声音
这是脑袋里两颗钉子吵架亲嘴的声音
我用胶纸封住嘴巴
用手死命地按住心脏
用一把夹子
夹住自己的脑袋
直到我
……睡着为止

什么样的震颤都无法影响玻璃的巨大

莱记餐厅的巨大玻璃
将食客的脸面向大海
在玻璃的背面
有着另一个车水马龙的黄昏
下班的人潮正在通过天桥
穿统一制服的火车是从北往南刮的风
它什么也没带走
除了火车上的人

什么样的震颤都无法影响
玻璃的巨大
血一样的海面上鲸鱼的脊背

什么样的脊背也挡不住太阳的沉落
食客们用一只手挡住半边嘴脸
牙签正在挑剔地工作

庄　生

1985 生于潮汕，现居深圳。著有诗集《冷的光》。作品被收入《新世纪诗典》《2012 年中国新诗年鉴》《人民文学》《读诗》《葵》《中国口语诗选》《1991 年以来的中国诗歌》等多种选集。部分作品被译成英文、法文、韩文、德文等。创办并主持“庄生访谈”、“为你读诗”等系列栏目。

白乌鸦

天下乌鸦一般黑
可小不点说
拔光了毛
就不黑了

父亲的模样

又到了心痛的季节
没有了绵绵细雨
阳光灿烂
这样的日子
多少年未曾遇到
如今，我已经可以想象得到
你白骨的模样
多么安详
与
沉默
我的父亲
你住的房子没有门
我进不去

脏手

这样的夜
这样的黑
你见过吗
你没有见过
你只见过在黑夜中泛光的身体
很白
白到你往往想到
那样的白
你就联想到天上的月亮

其实黑的
不是夜，而是你摸过
月亮的手

在超市

在超市
我看到一位老太太
她买花生米
就拿花生米往嘴里嚼
买葡萄
往嘴里塞
也不怕酸
买柿子
捏碎了一颗
好的
买咸鱼
把鱼拿到鼻子底下
猛嗅
最后
埋单时
不忘了
在卖衣服的摊子上
抹干净双手

磨刀诗

刀
用久了
都会钝的
这个时候
需要磨刀
在花岗石边
麻石边
甚至门槛的条石上
磨刀人
吐一口唾沫
在手上
搓几下
挽起袖子
用瓢
喝一口水
喷溅在刀上
压着刀身
在石上
磨
不一会儿

刀口就会出现
一层层泥浊的泡沫
那是刀在吐
平时无声无息
吃下太多

在冬天
乡村那个磨刀的人
天生长着一张猪脸

茗　芝

2007年冬至生。“新世纪诗典”诗人。在《中国诗歌》《诗歌月刊》《长江文艺》《南方日报》《羊城晚报》等发表诗歌一百余首。2015年获“广东省小学生诗歌节”现场总决赛一等奖。出版个人诗集两部。

狮子

母狮子呀，你的儿子
怎么一到城里
都变成了石狮子呀

不要站在风口说话

爸爸
不要站在风口说话
你看风
把你的话捉走了

所以

我还小
我是个女的
我是剖腹产生的
所以
跑去喝水的小狗托比
掉进湖里
我不会去救它

呼吸上面的新鲜空气

妈妈
请将我抱高一点
我要呼吸
上面的新鲜空气

一个人好无聊

寒假好长
一个人好无聊
我只好
拉一坨大便陪我

丫　丫

原名陆燕姜，80后，广东潮州人。作品入选多种重要诗歌选本。出版个人诗集《变奏》《骨瓷的暗语》《静物在舞蹈》。

片段

巨大的浴镜前
我小心翼翼
穿上——
不锈钢内衣
塑料背心
红木短裙
玻璃外套
橡胶连裤袜
水泥长筒靴

最后不忘戴上
亲爱的纸花小礼帽
你站在镜子背面
一语不发
拿着透明螺丝刀
不慌不忙，将我
一件一件，一点一点
拆下来……

我终于成了
一堆废土

灯神

她拿了根绣花针，轻轻地
拨了拨灯芯——一下，两下，三下
整间屋子，不，整个世界
就开始神光满溢。所有事物，被点亮

床、梳妆台、墙角的仿真百合
窗帘、地上的灰尘，甚至
她脸上浅浅的小雀斑
便不安分地，动了起来

噔，噔，噔……她听到有人在体内
爬楼梯的声音。沿着肋骨，拾级而上
如果没有猜错，那人一定是
左手持着火把，右手拿着铁锹

微光中，一个巨大的茅塞被撬开
她脑壳里那些酸性、碱性
阳性、阴性的词，奋不顾身
冲了出来。她们手牵手，跳起火圈舞

有风吹来。火光激动了一下
像极眼前这场，不大不小的，动荡

刺

这该死的东西。潜伏在他们的私生活里
像有毒的香水，散发着小狐狸的气味
诡秘。时隐时现

它，穿透发了霉的硬币背面
暗长在无色无味皱褶婚姻的缝隙
在红男绿女食不果腹的孤独里

一个带杂味的眼神
一条神差鬼役的短信
一场空穴来风的际遇
喃，这藏头露尾的鬼东西
冷不丁便会插伤信条和教义

而被戳痛了的人心
即使滴着血，也没有人喊疼
只是说：痒

李傻傻

原名蒲荔子，1981年生于湖南，毕业于西北大学中文系。出版有《红X》《被当作鬼的人》《李傻傻三年》等，曾经被称为“少年沈从文”。2005年6月登上美国《时代》周刊。

烟

爸爸　二十八岁那年你
在县城买下了
一包什么牌子的烟

爸爸二十八岁那年你
抽完那包辰河之后
兜里最后一块钱
换了一包什么牌子的烟

爸爸　二十八岁那年你
把最后一块钱的车费买了包什么烟
你咬咬牙齿背着刚刚把我挤出体外
的妈妈
你们在路上吵着架往家里走动
爸爸　三十里山路上你
抽的什么牌子的烟

爸爸　二十八岁那年
是什么牌子的烟
的烟灰落到你一天大的
孩子的额头
爸爸你说那是什么牌子的烟
还有那产后依然有力气和你吵架的女人
她随手夺下你什么牌子的烟

爸爸　如果你不愿意回答这个问题
请你猜猜我抽的什么牌子的烟

伤口的肉

伤口的肉在某个时候开始腐烂
离伤口稍远一些的肉
还暂时红润着　还没有腐烂
那是因为时候还没到
时候到了
再远一些的肉也会腐烂
试着撒上点加速腐烂的药
伤口的肉腐烂起来就会快一些
没有见到骨头　是因为腐烂得还不够快
腐烂快了　就会见到骨头
见到了骨头
伤口的新肉就长出来了

倒骑单车多么危险

我们倒骑着单车
一只只手掌滑过桥墩
桥墩过去
在胡同里
无数条红布飞呀飞
脖子整个儿露出来了
飞呀飞
在我后脑勺上
出现一块板砖
当我醒来时
就长成现在这样
右太阳穴左后方靠前一点有道伤疤
见过我的人
都没见过它

光　头

原名张兹旭，江西永修人，1980年生，现居广东惠州。写诗多年，有诗歌散见于《新世纪诗典》《2013年中国诗歌排行榜》《火焰与词语：21世纪中国诗典》《葵》《汉诗》《诗歌月刊》《2008中国最佳诗选》《赶路诗刊》等。

一只飞鸟在天空中突然转身

天空很空
天气也很好
我看见一只飞鸟
在天空中突然转身
完成这个动作
继续地飞
天空这么空
完全可以自由地飞

规则

规则就是我想到了
兔子
之后我就会想到狼
我要是先想到狼的话
那我想到的就是
羊
我想到祖国
你想什么
规则还可以继续
把上面的进行重复
你想的和我说的
是不一样的

马金山

1981年6月26日生于河南南阳。1998年曾当过兵。作品入选《新世纪诗典》《中国口语诗选》《葵》《1991年以来的中国诗歌》《深圳文学双年选（诗歌卷）》等多种诗歌选本。部分作品被译为英文、德文、韩文、印尼文等。已出版诗集《吸引》。

两个小孔

爷爷的骨灰盒上
有两个小孔
一个是用来开锁的
另一个
据说
只有他自己知道

盘子的一生

一个盘子
两个盘子
三个盘子
四个盘子
它们有的时候叠在一起
它们有的时候挤在一起
它们有的时候叮咚作响
它们更多时候默默相守
不发出一丝声响

在墓园

大妈
一边烧纸
一边嘟嘟囔囔

儿呀
收到了这些钱
可千万别再去赌了啊

黄开兵

壮族，1979年生于广西巴马。五点半诗群成员，诗作入选《新世纪诗典》《1991年以来的中国诗歌》《葵》《诗刊》《诗歌月刊》《自便》《广西文学》《漆》等。出版个人诗集《地铁E出口》。与诗人三个A主编《AAA广西诗歌排行榜》。

县里来人

正在田里收早稻的村长
丢下镰刀
匆忙吩咐婆娘你看着点
狗日的！县里来人

村文书找到蛇王罗保三
急急询问

手头可有毒物
狗日的！县里来人

村支书扯着嗓子喊开会
在村口大榕树下来回踱步
嘴里低声嘀咕：狗日的！县里来人

三人行，必有我师焉

教我下棋的阿蒙，是个臭棋篓子
教我打牌的张林逢赌必输
教我泡妞的旺仔到现在还是处男
教我赚钱的李大头每天就吃方便面
教我往南走必遇贵人的陈瞎子
依旧在街头装瞎子
这些年每当有人教我怎么做人
我就想起他们

新年快乐

在凤凰山路口
看见一个老乞丐
盘腿坐垃圾桶边上
身前一个破海碗
已盛满零钱
一对小情侣
正在议论这是不是真乞丐
突然有手机铃响
老乞丐不慌不忙掏出手机
“新年快乐！恭喜发财！”

仲诗文

70后，四川苍溪人，现居广东惠州。诗歌散见于《诗刊》《星星》《人民文学》《天涯》《红岩》《汉诗》等刊物，入选《中国年度诗歌》《中国诗歌精选》《21世纪诗歌精选》《新世纪诗典》等数十种选本。

找到源头的人是幸福的人

米磨好了，园子里的蔬菜刚浇过水
孩童们玩耍刚回来，他们饿了

祖母已逝。我已教会孩童怎样点上灯盏
他们跪着。灯火小了，就将灯芯往上拨一拨

园子里的花开了，饭已做好，起来吧，孩子
世间最大的荣耀就是茄子熟了，青瓜那么坦然

奶奶的遗训

门窗、板凳、锄把
焦爵寺里的木鱼、我哥哥用过的琴
他们都是木头
好东西是从地里长出来的

土豆啊，玉米啊，稻子啊
都有自己的滋味
你们要好好咀嚼
好东西是命与命相惜

马　拉

1978年生。虚度光阴文化品牌联合创始人。在《人民文学》《收获》《上海文学》等文学期刊发表大量作品，入选国内多种重要选本。主要作品有长篇小说《金芝》《东柯三录》《未完成的肖像》，诗集《安静的先生》。

清洗弹孔

溪水清澈见底，有金黄的树叶
在水底轻轻摇动
姑娘们有的在拾柴，有的
忙于在树林间合影，阳光充满欢乐
这是一个普通的郊游的下午
最瘦的男孩，坐在岩石上
把脚放在水里搅动
没有姑娘看到

他在清洗脚上的弹孔
在他的肩膀和腰部
也有类似的弹孔
他想把它们洗干净
姑娘中最美的那个看到了他，并向他招了招手
山谷陡然开始收缩

朴素的早餐

早起给女儿煮早餐的
不是我，是爱。
是901房阳台的眼睛。

上学的路上，我喜欢
她牵着我的手，让我回到童年
而我给她安全。

她从来没有对我的恶意
她爱我，如同相信上帝
我不是。

世界上那么多人
只有对她说“我爱你”
我会毫不迟疑。

符马活

生于雷州半岛。当代作家、诗人、书法家。北京磨铁图书有限公司联合创始人。创办民刊《三只眼》《诗文本》《诗江湖》等；编有诗选、民间歌谣等多部；出版作品集《季节的感觉》《活字纪》《结字录》《印字风流》《中国绘画史话》《雷州换鼓探究》等十部。

一块干净的布

我从家里走出来
已经是夜晚了
只因找不到一块干净的布
我都快急死了
一直低着头
在院子里疾走
满脑袋想着那块干干净净的布

它应该是像隔壁
那个女人家里挂着的窗帘
半透明的样子
那块干净的布还像什么
我再也想不起来了
只知道它是一块布
一块布，它就不能
像夜里的月光一样
从屋顶的上空掉下来
铺满整个院子吗

倒着走路

一个偶然的机会
我学会了倒着走路
我的后脑便是我的脸庞
我的后背便是我的胸前
我的眼睛一直隐藏着
看不见前方
但能感受到一个远离的背影
从我的身边擦身而过
我的前进，通过了
一步一个脚印的胆怯
保持着这样的走路姿态
使我从未有过
轻松而愉快的体验
走着走着，步伐加快
身体倾斜，但还
不至于摔倒
我仍然是一个倒着走路
信心十足的人
假如踩着一堆狗屎
我不会因此而停下来

也不会责怪我不长眼睛的后脑
我只怪自己倒着走路
还未学会绕道而行
我知道我的不容易
将面临的不是一堆狗屎
或许有更多的阻碍
挡住我倒退的道路
而背后的路是我的倒退
在前进的过程中的方向
某一天，我的倒退步伐运用自如
我的前进和我的倒退
将合并一起
使用

羽微微

本名余春红，出生于20世纪70年代末，广东省茂名市人。曾获《人民文学》奖、《诗选刊》“先锋诗人奖”。作品见于各文学刊物及年度选本，出版诗集《约等于蓝》。

花房姑娘

天堂鸟开了，勿忘我开了
紫色薰衣开了，金色百合开了
美丽的名字都开了
只是不要留意我
我要慢慢想，想好一瓣
才开一瓣

猫

勒它脖子的那根绳子是紧的。
A说，松的。
B用手去摸了摸，说松的。
C用手去摸了摸，说松的，不信你用手去摸摸。
我没有去摸。我害怕。
可那根绳子是紧的。我知道的。
后来它死掉了。它死掉了。那根绳子是紧的。
我没有去摸。它死掉了。

第四辑 / 我所认为的贵族

晓　音

《女子诗报》《女子诗报年鉴》主编，四川省西昌市人。1995年毕业于北京大学作家班，文学学士。现为广东石油化工学院中文系副教授。已出版诗集、长篇小说多部，另有诗歌、散文、诗论文章八十余万字散见于海内外报刊及各种年度诗歌选本。

失眠者的墓志铭

从这里走过的人
如果你是早晨路过我就问候你：早上好
如果你是正午路过我就问候你：正午好
如果你是黄昏路过我就问候你：黄昏好
如果你是晚上路过我就告诉你：晚上非常不好

亡者之痛

亡灵说："只有蠢货，才会让山河改道。"
但，这是亡灵说的
人类完全可以忽略不计
那些活着的人
面孔下面的嘴
还能吸进空气和爱情
有谁会去倾听
那些尘埃下面的森森白骨
不合时宜的忠告
还有谁，会去谆谆教导
那些在上帝的诅咒声中
诞下的婴孩

我会看到透明的狐狸长袖飞舞

我早该这样：低下头来
与黑暗中那些泛着微光的事物说话
这是中年人的生活
用内心包裹着自己的世界
像织茧的蚕
把世界分隔在那边
我会看到透明的狐狸长袖飞舞
我会看见那些隔世的牡丹
盛开在帝国斑驳的墙下
我会用耳朵倾听说话
我会用长于时间的唇舌
接住一颗匆匆滴下的露水
秋天，顺着人的向往如约而至
往事不经意地就会让我们战栗不止
直到春天，万物复苏
在季节的交替中
我反复窥视那些飞短流长的日子
像水中的百合
岁月轻轻滑落

不题的秋天

题记：某天、某夜、某个时刻，我们一起走进黑森林。

歌声缠绕在树梢
我们吟唱或是痛哭
在这荒无人迹的林中
迷了路，该多好

可你的家乡就在森林的西边
黑夜降临，你说
“小时候，我来过这里”
那是放牧牛群，这样
我们永远也不会在夏天迷路

你的家就在森林的西边
我们会遇见那株
埋葬了父亲的黑橡树
和那个精灵孕育出的黑色花朵

秋天，祖母愈发地老了

她无力教授我们
活着走出森林的咒语

而黑森林永远宽阔漫无边际
我们能走的路已经不多
“我们会在这个秋天死去的。”我说
“在同一个时刻死去，我愿意。”你说

秋天，迷失了方向
我们只能整日喝凉水
吞食草根或是树叶

今生，我们只能双双葬身于
黑森林的深处

游子衿

生于1969年，广东梅州人。曾主编诗歌民刊《故乡》，著有个人诗集《时光书简》。现为中国客家文学院专业作家。

梅隆铁路旧址

我惊异于夕阳落在铁轨上
是如此地明亮，仿佛来自
另外的一个下午
另外的一些下午

一朵黄花开在路旁。它高出草丛
高出其他的色彩，在秋风中显得
异常不安。我惊异于它的出现
依然是因为季节交替
时光流转

铁轨上显然曾有火车
呼啸而过，运载着煤
和拥挤的乘客
往返于某个弯道。我惊异于它依然
在奔跑，被昔日的景象拉动

不远处的一间小屋，墙已坍塌
因为与这些事物相邻，它曾经是
一个小站。因为被遗弃
它们联系得更加紧密

随着暮色降临，这里恢复了
昔日的繁忙。我惊异于车厢上的煤
堆得这么高，在这个小站下车的人
这么少

没有一张脸孔
在燃烧，竟然
没有一颗星星
不在天上，竟然
出发吧，火车
前进吧，岁月
当晚风吹过

悲伤爆发出足够的力量

注：梅隆铁路是由梅四、兴四、兴老三条铁路连接而成，以运煤为主、运客为辅的762毫米轨距窄轨铁路，起自梅县(今梅州市区)东山港，经兴宁、五华，到达龙川县老隆港，正线长172.38公里。该铁路1964年10月建成通车，2005年关闭。

停摆的钟

这只时钟不知哪天停止了走动
停留在10:20。我记得它曾经拉动群山
向前奔跑，在暮色中倾吐哀愁
我记得它指挥过花儿绽放，秒针扫过原野
浮现出蓝色的苜蓿
在一个宁静的午后，它暗示我年轻的爱人
离去是唯一的选择
它的走动既缓慢又快速
但缓慢是它的核心，落叶纷飞
落叶纷飞，一个多么漫长的过程
一座长寿的钟，不知何时
陷入了我的轻浮与混乱
与永恒失去了联系。10:20
它踏出了虚无的一步，没有退缩

松口中学

宽阔的校道伸向公路。放学了，学生们骑着自行车
三五成群，向中午走去
这无声的时刻被阳光照亮，像涂上了一层白色的油漆

办公楼在校道的右边，门前是宽阔的停车坪
两栋教学楼挤在一起，在左边
它们外形相似，像三道数学题
只有一个答案
墙壁洁净如洗

往里走是一座花园，用围墙围起来
里面没有教室，只有开花
和不开花的树。一座纪念碑
刻着一些人的名字。不远处
有一座小小的亭子

足球场是一块坚硬的黄泥地
球门生锈了，没有挂网

它在退却，快得不可思议

余　从

1972年生于江苏灌南。《喜闻》文学丛书主编，现居中山，自由写作。著有诗集《诗歌练习册》《被比喻的花朵》《无能的力量》，随笔集《疑心录》。编有《见字如面：70后诗人手稿》《见字如晤：当代诗人手稿》、“还乡文丛”系列文集。

现实一种

到黑夜的光里去作恶
到哭泣的泪水中收集盐

到真理的阴影里去唱赞歌
到死亡的绝境里求生存

到风暴的中心去享乐

到爱的伤疤上寻觅痛感

到大海的浪花上采蜜
到傻子的快乐里打捞生活

到倒车镜的风景里偷窥
到马桶的下水道里漂流

到光阴的皱褶里玩权术
到梦的奇遇里去练习倒立

爱与恨

我爱我母，
掩我口啊！
不畏我馋，
卸我利齿，
母畏我言！

我爱我父，
束我臂啊！
不畏我蛮力，
缚我筋骨，
父畏我反！

我恨我母，
洗我脑啊！
不畏我迂，
耻我智慧，
母畏我忧！

我恨我父，
昧我心啊！

不畏我势利，
养我心魔，
父畏我良！

困顿之年

站着睡觉的人
借过冬风的刀子
枯山水
无寄遣怀

躺在冰刃上
况乎翻身
惆怅的诗意
纸面的霜白

那中年
装睡是叫不醒的
写小诗
句句倒春寒

丁　燕

诗人、作家。1970年代生于新疆哈密，现居广东东莞。著有诗集《午夜葡萄园》《母亲书》，诗论集《我的自由写作》，长篇小说《木兰》，纪实文学《工厂女孩》《工厂男孩》《双重生活》《沙孜湖》等。获第九届“文津图书奖”、“鲁迅文学奖”提名、“徐迟报告文学奖”、“百花文学奖”散文奖、“九江龙”散文奖金奖。

乒乓球葡萄来了

从工厂中走了出来
葡萄率领着它的众兄弟
面孔难辨真伪，颜色如此相仿
尺寸大小和所表达的感情
也是无以复加地相似

我卖故我在。买葡萄吗
葡萄聚在阳光下
赤裸裸地开始说教
作为高科技手段，作为媒介
作为工业废品的它们
一开口就是：shopping

在这一环境和这一时间中
去理解
这样一群巨大而变形的葡萄
它们是新品种，它们的物质背景
直接运用了科学
它们出现在超市和餐桌
无须排练就是艺术
一种不能停止的克隆艺术

现在，一群女人走向葡萄
胸前澎湃的那两颗
止不住要跳了出来

我曾长在葡萄园里

我沉溺于自己灵魂的影子
而难得对自己早发的青春报以微笑
我徘徊在叶片的呼吸中
追逐着茎与纹脉的不断膨胀

我在弹拨琴弦中期待阳光手指
一根根从空中垂直跌落
期盼夜的翅膀上飞起月亮的梦

只要你还未出现
只要你还不出现
那些长在绿色金子中的成长岁月
便无法打开阅览
无法细细点数成长的呼唤

只要你还未和我的呼唤融为一体
和我的韵脚和上一曲天籁
我那葡萄园内遮蔽着的光线
便无法散发出智慧的光芒

只要你还未用双手捧出我的乳房
用耳聆听我的呓语
一个女人的呓语
我那些过去岁月的绿色藏金
便无法早见天日重放光彩

二十四个月飞驰而过

清晨我醒来，起床烧水
灶上的壶像心脏，嗡嗡作响
昨天我在门缝边撒了些灭蚁药
现在它们拐了个弯，依旧成群结队
我所不了解的，还有蚊子、台风、雨季
——整个儿，燃烧的南方

有人指着青菜说：你们那里没有吧
我曾粘过蜜的舌头，即刻变成陨石
遗弃自己的过去多么难：出了村子
便是永别；我母亲一直在哭
像知道暂别就是永别；我的孩子
听不懂白话；我们，填各种表格
头婚？二婚？三婚？如何……避孕
片警的目光，像冬夜的鞭炮

在中亚，三十六个月前的那个秋日
鬼魂在街头找亲人。我看得见！听得见
一伸手，甚至能……摸得见
那些无辜的、无声的、软下去的人

那个时刻，我无法分辨，火焰和愤怒
人和畜生、石头和武器、地狱和天堂

从此我过敏庆典、集会、红指甲
刀尖、欢呼声、左右摇摆如森林的手臂
我垂下眼皮，在最欢爱时的呻吟中
依旧能渗透出血、恐惧和被死亡折磨后
上气不接下气的惊悸……
一夜间我已苍老；而不是男人的错
他们……多么好。无论，爱不爱我

无论我怎样咯咯笑，做饭，折叠衣物
骑着自行车，从镇里任何一条小巷拐出
在清晨醒来的一瞬，都会被惶惑击中
花费许久，摸到心跳，辨认蚊帐、窗帘
玻璃门外的那座山……都还存在
我在废墟上建立起我的帝国——
我的日月和星辰，我臣服于它们

而非口哨、指令、棍棒和皮鞭
二十四个月飞驰而过。南方
你不是我的第二个爱人
而是，另一个爱人。你从不计较

我对出生地的思念、我的痴情
我每分每秒的背叛、我即刻要出逃的心

百定安

1962年生。河南洛阳人。硕士。诗人、作家、评论家、文化学者。出版诗歌、散文随笔集五部，诗歌翻译及批评著作一部。获广东省“大沙田诗歌奖”及各艺术类奖项二十余项。1991年至今在广东东莞工作。

壬辰之诗：无题

他弯腰锯开一截木头
给自己安装假肢。他在造他自己。

两只鸟儿从墓场飞来：一只是他的父亲
另一只是他的母亲；他们三个谁也没有认出谁

他生硬的背上，有两个黑影子在飞。
他没看到；他在锯木头。

纪念母亲

妈妈，我喊了你无数遍你没有答应
三十年，是我的口音变了吗
那天，在美国的一座小镇
我又看到了你，因为有一棵树很像你弯腰
去地上捡一个铅笔头的样子
(我顺着那只坚硬的炭芯走到了今天)
那天，我将一把飘向窗口的飞絮
看成了你刮来的皱纹，后来它凝作了一束光
那天，一只裤脚莫名地破开一个洞，
像你自责而无奈的眼睛，我用睫毛把它缝上了
那天，一个朋友问我：父母健在?
我说他们不在了，我是孤儿
但我知道我说错了，那夜你凄冷梦中
叫我的声音像穿刺，把三十年的别恨
植入我的疼痛。我知道我正代表你继续活着

拐角

两条大街的拐角处，我去过三次。
一次去看画展，一次去买书
一次是在路边等一辆的士。
每一次都见到你，每一次
你都像路灯一样准确。
道路上土豆滚滚
唯有你，是一株草莓，单个儿地红着。
天上几片空荡的云彩
是你举过头顶的叶子。
拐角可以通向许多条路，往左一条
往右一条，一转身，你就能轻易地销匿在
第三条巷子。但你是上下生长的。
有一次我看见风把你的丝巾
吹成了一团鬃毛
你的身体立刻动了起来。

管党生

中国民间先锋诗人，诗评家，“垃圾派”主要成员之一。现居东莞。

老朋友到底是什么东西

我们十岁时认识
是邻居同学
从小学初中到高中
我们的父亲是同事也是朋友
我们的关系非常特别
按他母亲的话
就是好了恼　恼了好
根本原因在他总是想压我一头
上高中以后
我们的关系趋于正常

因为老师经常把我的作文当成范文
后来我在国有单位工作了
他打临工
内心领导我的欲望基本没有
后来我们都写诗
他更加服我
写了三年
他发现没什么用
终于开始找老婆
我们基本没了来往
六年前一个女同学死了
追悼会开始和结束
许多同学都有车
还有大巴
我专门选择坐他的车
我们谈笑风生
他突然沉下脸
眼睛斜着看我
问我诗还在写吗
连续问两次
我说写啊写一辈子
现在已经写出来影响了
他开始沉默

后来我结婚了
突然听说他得了脑溢血
有次我百无聊赖电话他
他说正在恢复
需要说明的是
他父亲我父亲都是脑溢血逝世
这让我有些紧张
但是他没有死
并且恢复中
这让我有些放心
最好再过三十年
我们共同一命呜呼
现在我们没什么联系
主要不知道联系做什么

一晚上不舒服

整个夜晚
我整个身体都感觉不舒服
我担心
我是不是生病了
我更加担心的是
再过三十年
如果我还有三十年
我作为一个孤独的贫穷的老人
一旦生病
是什么情景
我发现我在寂寞时
才
开始
成为现实的人

安心写诗不是现在的发明

至少20世纪80年代
各个省一般都有文学刊物
一帮写得半通不通
只关心省文联主席有什么变化的
写了一辈子
谁都不知道
他们写过什么的
所谓作家和诗人
就总是劝别人安心写诗
现在
这些人都已经彻底退出
乌烟瘴气的所谓文学界
快死了
他们的接班人
出来了
还是让别人安心写诗
他们的共同特点
是自己从来没写过
一句让人可以想起来的诗

我所认为的贵族

和是否成功无关
和是否有钱无关
我所认为的贵族
是刘亚楼每次从战场上回来
都把皮鞋擦得非常亮
是杜聿明在解放军看守
点名“1号战犯出列”时
说
“我不是1号
我是军人杜聿明”
是我在北京火车站
无意吐了口唾沫
旁边的一个乞丐
以为我是针对他
对我非常响亮地
“呸”了一声

赵　原

诗人，现居深圳。

刺杀恺撒

最后一次走进元老院　恺撒仍然是
最好的独裁者。好的独裁者
应当由伟大的演员扮演
但是这一次　我却按捺不住了
他倒下时　胸口冒着血
“我只是个演员。”他痛苦地说
他叫哈里斯或喀里斯　我一直没有记住
但我还是咬牙
用长矛刺进了他的身体

老唐到底有没有人宝

老唐在锅炉房干了一辈子
全厂有两百多号人　新来的工人
总是首先记得他　因为他最脏
比锅炉还脏

锅炉房里
到处都是煤灰和油污
但老唐的脏
似乎是有意抹成那样

厂长有一次骂老唐："龟儿子的总把自己
搞得最脏，好像全厂就数他最苦最累最下力！"
有一半工人认同厂长的说法
认为老唐实际上最会装

除了会装　老唐最经典的段子
是跟徒弟比打飞机　谁先射出来
就不用拉煤车　也不用出炉灰
徒弟年轻　多半都是老唐输

打飞机不行　但吃饭行

老唐食量惊人　曾不喝水吃掉半锅白饭
偏偏他又矮瘦　有人因此怀疑
老唐肚子里有人宝　比狗宝还值钱

1992那年冬天　向来能吃的老唐突然水米不进了
送到医院检查　胃癌晚期
厂长在锅炉房沉痛地叹道：“都说
老唐有人宝，啷个晓得是癌症哟！”

在医院住了个把月
临近春节了
老唐吵着要回家　他不想
死在医院里

出院前一天　老唐独自跑到医院锅炉房
那里干净　宽敞　明亮　让他羡慕不已
这个传说中有人宝的老家伙叹道：“要搁这儿
烧几天锅炉，也算值了……”

回到家第六天　老唐死了
到底没过上春节。那个冬天
雪很大　老唐坟上的土很黑
看上去也像煤灰

狗肉节

四只小狗
趴在篮子里
四双眼睛
齐刷刷地
看着天
它们的妈
一条瘦长的金毛犬
叼着篮子
跟在主人后面
往屠宰场去

阿　樱

本名余淑英。现居惠州。作品散见于《诗刊》《诗歌月刊》《诗选刊》等，有诗作入选《中国新诗选》《新世纪诗典》等四十余种当代诗歌选本。出版个人著作《南方有薄薄的霜》《风吹向陌路》《离别又在清晨》。

纪念日

只能说是梦。梦一样的山势
起伏着我们的身体
还有衣绸下面的薰香呢
山风在飘荡
一种欲望。你的欲望是何等地
显山露水

你在爱中对我说：爱

爱我地上枯败的落叶
爱我为你消瘦一圈的腰肢
……爱我，不停地
而一束光线惊醒了我们
我终于看见你啦！亲爱的
你的衣扣掉了
散开的衣角如剪
会剪断我　剪断我的头发的

我偷偷地咬碎了一颗泪

迷失的药香

太阳下沉，群山渐渐露出它的
驼背
谁从黑暗中走回来
麻布的衣衫　窸窣作响

灯一闪　人字草立在门边
像说谎者交叉着双手
又似剪刀……光影倏忽

我打开第一重咒语
巴戟在前面引路
打开第二重咒语
蝉蜕不见了
打开第三重咒语
你的头发纠结着那么多那么多
黄果仔

碰疼我。现在
从前载你而去的漂浮木
已清除出光秃秃的岸边

童年的天井
桔梗开花　扁豆发芽
现在只有我眼含悲伤
听见你喊着这些宝贝和我的名字

喊累了
你就伏在我的膝上睡吧　祖母

林馥娜

诗人、二级作家。著有《旷野淘馥》等诗歌、理论、散文集多部。作品发表、入选国内外多种刊物及选本。被评论界称为70后女诗人中的佼佼者。获首届“国际潮人文学奖”文学评论奖、广东省“大沙田诗歌奖”等。

肉体之洞

带着自开的药方，往购物车里堆放
柠檬、红糖、苦瓜、辣椒酱
推着车子的女人，以凭方捡药的方式
填塞突然空掉的生活
空落落的肉体洞穴，回响着低低的耳语之声
而灵魂早已寻声而去
风中的蝴蝶如何追赶
那握之怕殒、放之怕飞的心

清明

约好在清明节，我们好好做一场爱
从早上到中午，再从中午到晚上

不给凄风留下一丝缝隙
不给苦雨疏漏半点空间

让做撇开经年的悲怆
让爱堵住疯长的墓草

屏蔽菊花台、白烛泪、英雄魂、故人影
覆盖脚步踩在泥泞上的滋滋声

这样的力度够不够，够不够

四月，钦命的昏庸

四月为药物所喂养
在这被誉为美好，适于做梦的春天
我给病重的自己开了清热、解毒、止咳的处方
西药、中药、食疗
在反复的咳嗽和过敏中
不得不屈从医生的通牒，各种忌口成为不得违抗的
　圣旨

很多东西均有毒，我早已被告知
比如水、空气、土壤，包括文字与思想
但我还是每天嗜毒如饴，作为自由的一种
让它们在身体里接受消化与扬弃

而此刻，我无从选择
唯有猪是最具安全系数的供给
这种最适于圈养与屠宰的动物
迅速占据了我的口腹，甚至头脑
吃了睡睡了吃，我积极配合全方位的禁锢
并逐渐把这种钦命的昏庸养成天生的习性

如　也

本名韩四清，1965年生，祖籍河北磁县，户籍珠海。著有诗集《在一棵榕树里滚铁环》（2011年）、《写家书》（2015年），有诗入选《新世纪诗典》第三、第四、第五、第六季。

逃不掉的痛

那个体检的医生说
你的节育环
是老款的
时间太长了不好取
先给单位打个申请报告
再到居委会的计生办盖章
然后就可以来取环了

你的眼前浮现

那棵晾衣服的老榆树
铁丝已经长到树皮里面去了
那道疤痕像是被腰斩过
现在，要把铁丝从肉里挖出来
你双腿发软
在人民医院的过道里
坐了三十分钟
还站不起来

羊年头炷香

羊年正月初一，腰痛
站不住，坐不住，卧也难受
足不出户，不去姐姐家拜年

羊年正月初二，腰痛
站也痛，坐也痛，趴着也痛
连屁股大腿都痛开了

过年七天乐，这样往高潮去
可不是个事儿
初三开始吃药，筋骨贴像补丁
biā在腰上、屁股上、大腿上

初四，说不清楚好点儿没有，足不出户
初五，还是说不清楚好点儿没有，足不出户
初六，躺床上在手机截图上
研究人的脊椎骨

庙里的钟声在敲，春天来了
脊椎骨正一节一节烧成灰

70年代

十三岁那年吧
我和数学课代表
站在校门口
看墙上的法院公告
(那面墙隔三岔五
就见印刷体的大字报)
我们就爱看那些强奸犯的细节
数学课代表问
“那么老，五十岁还能强奸么？”
我也是这样想的
两人呵呵地乐

如今我年过半百
和老婆在床上干活儿
我就像那张
破大字报
在褪色的红砖墙上
随风飘晃

在马来西亚的云顶赌场

太多赌徒跳楼
从海拔一千八百米的云顶

这座拥有六千一百一十八间客房的赌场
飘浮在云雾间
恰似道家的洞天福地

现在窗开一掌宽
当飞仙需另找地儿

每个卧室的天花板
都画有黑箭头
（我第一次头悬“达摩克里斯之剑”入睡）
指着祈祷的方向

雪　克

原《南方诗报》《大潮汕女子诗选》主编。出版过诗合集、个人诗集。诗作入选过多种选本。

牢骚

有人仰起头唱歌
上帝把他们的歌声一一收下
有人仰天长叹
上帝刚好打瞌睡去了
奇怪的是，我对着老天发牢骚
起风了
风把我说出的话
一把一把
塞回我的嘴巴

整个上午

我在本县这座威风的大楼里
做了两件事
拜会新上任的严书记
聊半个小时的柴米油盐
拜会传达室的老陈哥
聊两个半小时的时事和楼价

谭　畅

出版诗集《文字上的女人》《大女人》《风从哪里来》《几软》《问风》，评论集《当代艺术语言转码实验》等，连年入选《中国诗歌排行榜》等多个诗歌选本。“花神诗歌节”总召集人、广外女诗人工作坊导师。参与“软现实主义”理论建构，撰写及翻译了较多理论文章和画册。

观音洞

一滴水命中脑门，冰冷，锐利。
犹如神谕。前世。
我听到。

天，扑压下来。
沉。粹。眩晕。
身旋神驰，摇成钟摆。

仰。俯。内。侧。
观天地鼻心。自在。
极光明，透。酥。

唇潮湿柔软狭长。
春烟弥散，呼吸简约舒缓。
众人踉跄匍匐，艰难娩出。

取出钢钉

取出膝盖里的钢钉，从生活的疤痕里
取出“好”来
取出楔在骨头里的思念
取出一个春天的馈赠
取出那个清脆刻骨的夜晚
取出曾经的不敬和神启
取出那人亲手系上的铃铛
取出一块友情、亲情、爱情、同情的磁铁
取出慈祥背弃破碎后重新缝合的心
取出生命里关于和解原谅的约定
取出一双明亮热情而胆怯的眸子
那里有两根竖直线、两根横麻花
有颗马厩里蠢动的心
要跃出总也跃不出的井外

黎启天

祖籍广东信宜，现居东莞，曾参加诗刊社第三十一届“青春诗会”，在《诗刊》《人民文学》《星星》《作品》等刊物发表作品。诗作入选《中国最佳诗歌》《中国诗歌精选》《中国年度诗歌》等数十种选本并获多个全国性奖项。出版有诗集《你刮了胡子就跟我一样年轻》、《伶仃洋叹歌》《伶仃洋再叹》、《多么伤心的夜》（合著）等多部。曾创办主持“单相诗”诗歌论坛。

黑头发里的一根突然变白

不知何时
黑头发里的一根突然变白

接着是两根、三根……

像揭竿起义的士兵
而我却茫然不知
在平静的头颅上，此刻
已开辟了你死我亡的战场
生命里

时间在一秒一秒地背叛
直到有一天
当不止一个人对我说“你的白头发
怎么这么多”
我才恍然大悟，原来黑头发再多
也是可以略去
不被提及的

就像它们之间的争斗
夺得的地盘再大
也终将和我
同归于尽的

石头里有马群在奔跑

雕刻家竖着耳朵，他听见
石头里有马群在奔跑
举起铁锤和斧凿，他开始追捕
马的声息

向石头里套马
沿着嗒嗒的叩击声
他敲开核的坚壳，刚劲的马蹄
热烈地跑出
循着长长的嘶鸣，还有风的呼呼声
他找到了马咧开的嘴巴、飞扬的鬃毛

声音是如此清晰
斧凿在探寻
眨眼的火星，又找到了一匹马的眼睛
喘息的鼻子、鼓突的血管里
血液找到了自由流淌的祖国

一匹，两匹，三匹
马群在呈现，但它曾在你的眼睛里

埋伏，伪装成石头的样子

就像石头散布于大地的黑暗
面对着坟墓里的眼睛
假装成缀满了宇宙闪闪的繁星

汪　晟

1963年生，江西省彭泽县人，华东师大中文系毕业，文学创作二级，曾获“鲁迅文学奖”。出版文学作品集多部。现为广东东莞石龙文联专职副主席。

老子

老子原本是一介布衣
春秋战国那阵子
君主大臣们闲来无事　便
怂恿知识分子百家争鸣

老子就是趁这个机会
像模像样地成了学者
开门弟子无数
关门弟子九千

老子确实很老
比年迈的孔子还要年长许多　所以
当孔子解不开一道叫“礼”的难题时
也只好来向他请教
他告诉孔子
退即进　下即上　愚即智　柔即刚

孔子茅塞顿开

老子和蔼可亲朴素沉静
但是没有多少学问
两千五百年间他给弟子们布置的作业
始终只有极其简单的两题
第一题是　无欲
第二题是　无我
可是不知什么原因
却很少有人及格

于是　老子越教越年轻
弟子们越学越老

列子

列子是庄子的哥哥
老子的弟弟
他比老子潇洒
比庄子沉静

列子是个老顽童
年少时爱玩一种名叫御风而行的游戏
从此终生不坠
嗜爱如命

列子是个有点轻狂的道士
脚着草鞋
心游四方
游得天地玄黄
游得宇宙洪荒

列子不是隐者　却最懂得
大隐隐于市　于是
在一个叫郑圃的地方一住四十年
百姓不识

国君不知

列子是个默默行脚的浪人
从战国那年走起一直走到现在
不见倦色
不闻怨声
没人注意

所以　列子最有资格对弟子说
只要贤者在
相距千里也犹如与你并肩同行
只要是知音
相隔万年与朝夕相处也没有什么不同

庄子

庄子生于秋水深处
没有人知道他是谁的儿子　又
缘何步入风尘
草绳当腰带
鞋子没后跟
一件褐色粗布短褂穿了一生

庄子是个不谙世事而又任性的孩子
经常在一个重复的梦境中走失
醒来他问自己也问别人
是庄周梦见蝴蝶还是蝴蝶梦见庄周

庄子是古代中国的一名嬉皮士
妻子死了
他敲打着瓦盆为亡妻送行　随后
骑着一只叫鲲鹏的巨鸟遨游太空

庄子经常无事可做　就去秋水边
钓哲学之鱼　然后分送给
国君　大臣　朋友　百姓

可是
爱吃他哲学之鱼的人不多

所以有人说
庄子本人就是一部神奇的哲学著作
读过的人都说　不懂
没读过的人却说　简单

卢卫平

1965年9月生于湖北红安。1985年开始创作，在国内外各种刊物发表诗歌六百多首。参加诗刊社第十五届“青春诗会”。曾获中国第三届“华文青年诗歌奖”、“北京文学奖”、“华语传媒文学盛典”年度诗人提名等十多项诗歌奖。诗作入选《中国年度最佳诗歌》《中国新诗年鉴》《中国最佳诗歌精选》等七十多种诗歌选本。出版《异乡的老鼠》、《向下生长的枝条》、《尘世生活》、《九人诗选》(合集)等诗集。

多年后

多年后，我将年逾古稀
没有衣锦，我也还乡
写完这首诗，我就开始注意饮食和卫生

坚持慢跑，不发怒，为多年后还能种丝瓜
小白菜、朝天椒、刀豆积攒一些力气
这是我一生相依为命的蔬菜
如果还有空闲，我将在我房前屋后
栽下一些竹子，竹子里的风声
会替我回忆我清贫的一生
如果下雪，竹叶上轻轻颤动的雪花
多像我的白发闪着逝去岁月的光芒
我有足够的耐心等到竹子拥挤时
开始编织竹篮，一天编一个
我为每个竹篮取一个乡土的名字
写五十字以内的编织笔记
这些无用的名字和笔记
只是为了给一模一样的竹篮
一个短暂的记忆和区分
一年三百六十五个竹篮，装着竹子生长
耗费的时光和我最后的积蓄
谁一无所有，谁口干舌渴
我愿意把所有的竹篮给他
我唯一的心愿就是它能打到水

玻璃清洁工

比一只蜘蛛小
比一只蚊子大
我只能把他们看成是苍蝇
吸附在摩天大楼上
玻璃的光亮
映衬着他们的黑暗
更准确的说法是
他们的黑暗使玻璃明亮
我不会担心他们会掉下来
绑着他们的绳索
不会轻易让他们逃脱
在上下班的路上
我看见他们
只反反复复有一个疑问
最底层的生活
怎么要到那么高的地方
才能挣回

陈陟云

诗人，广东电白人，1963年2月生，1984年毕业于北京大学法律系，一直从事司法工作，现居广东佛山。

王的盛宴

一、刘邦：杀人事业

欲成事，须杀人；欲成更大的事
须杀更多的人；欲成长久的大事
须长久地杀更多的人！因要凸显他作为杀人的主角
我们想象了一颗灿烂的赤星，在月黑风高之夜
擦亮他那隆起而略嫌丑陋的额头
还有一条巨大的白蟒，挡在路前，以衬托他的勇敢
他拔剑的姿势，醉态百出，并无半点英武
但我们还是杜撰：剑落蛇断

一段是西汉的江山，一段为东汉的社稷
杀蛇是杀人的精彩序幕，在他心目中
还有什么比杀人、杀更多的人更为精彩
确实，穷其一生，他把杀人的事业做到了极致
以地方小吏的矜持，直至帝王的尊贵
他甚少亲自动手：借兵杀人
将将杀人，谋谋杀人，假婆娘之手杀人
杀敌，杀盟，杀友，杀臣
遍野溅血，他依然鬓须精美，衣衫整洁，不沾一滴

二、项羽：杀人专业

杀手之上者，曰英雄；我们有理由相信
作为英雄之上上者，他在胚胎里
就专修杀人之业。身手和身段，经由精密的设计，装配
一戟封喉的精准一泻千里，马蹄踢踏
落棋的手法如飞，大秦版图太窄
为了争演戏中独舞的王者，他须杀更多的人
须用坑，用火，用最为简捷的方法
一生中，他最大的错，不是杀了太多不该杀的人
而是没有把那个最该杀的人杀掉
这就是历史或命运的吊诡之处

是否他的心脏在组装时，被装进了诗意的螺母
以至于他比常人多了一重瞳孔
凝视爱人的目光，美如江水之上的月光
他冰冷而漆黑的体内，一缕幽光破冰而行
像一条披肝沥胆的鱼，游弋于生死
结局的镜头早定：他仰望苍天，横剑当笛
“天亡我，非用兵之罪也！”不能手刃苍天，便手刃自己
苍天回馈的布景也甚是经典
乌阳滴血，乌云低垂，乌江低咽，乌骓长啸

三、韩信：杀人职业

须杀更多的人，多于乌江边上的最后一个
须更狠，狠于独霸天下的野心
可惜，这位杀人行当里的奇才，已习惯于按剑不拔
  的姿式
空怀大志，以良犬为职，终极的猎物
是垓下那颗硕大而俊美的头颅——那头颅自刎得
倒也干脆利落，落到他手中
是他职业生涯的勋章，更是句号
设楚河汉界为棋，是绝杀对手也绝杀自己的对弈
布八面埋伏为局，成自己一生也走不出的困局

我们不妨设想，如果南郑的月光略暗一些
萧何的快马稍慢一些，他或已消失于夜色的苍茫
得以安度一生，我们回望公元前二百年的视野
至少可以隐去两组相映成趣的画面
恶少胯下的匍匐，和，恶妇面前的佝偻
冥冥中，萧何是他命运的开关
开，让他登台拜将，号令三军
关，令其陷钟室之祸，遭灭门之灾
他死到当今，和我活到现在，都不明白
以其韬略和隐忍，怎会莽然行事，偷袭妇幼之弱
但史书没有改写，太史公灯下怆然疾笔
“而天下已集，乃谋畔逆，夷灭宗族，不亦宜乎”

图书在版编目（CIP）数据

中国先锋诗歌地图. 广东卷 / 湘莲子主编. -- 成都: 四川文艺出版社, 2017.8

ISBN 978-7-5411-4720-3

Ⅰ. ①中… Ⅱ. ①湘… Ⅲ. ①诗集－中国－当代 Ⅳ. ①I227

中国版本图书馆CIP数据核字（2017）第161132号

ZHONGGUO XIANFENG SHIGE DITU GUANGDONGJUAN

中国先锋诗歌地图·广东卷

湘莲子　主编

策划出品　磨铁图书
责任编辑　周　轶　程　川
特约监制　里　所
特约编辑　胡瑞婷
装帧设计　韩　冰

出版发行　四川文艺出版社（成都市槐树街2号）
网　　址　www.scwys.com
电　　话　028-86259287（发行部）　028-86259303（编辑部）
传　　真　028-86259306

邮购地址　成都市槐树街2号四川文艺出版社邮购部　610031
印　　刷　河北鹏润印刷有限公司
成品尺寸　135mm × 210mm　1/32
印　　张　8.75　　字　　数　180千
版　　次　2017年8月第一版　　印　　次　2017年8月第一次印刷
书　　号　ISBN 978-7-5411-4720-3
定　　价　42.00元

中 国 先 锋 诗 歌 地 图 书 系

第 一 批 出 版 书 目

北京卷 · 陕西卷 · 天津卷 · 广东卷 · 广西卷

磨铁读诗会